• 衛斯理小說典藏版 59 •

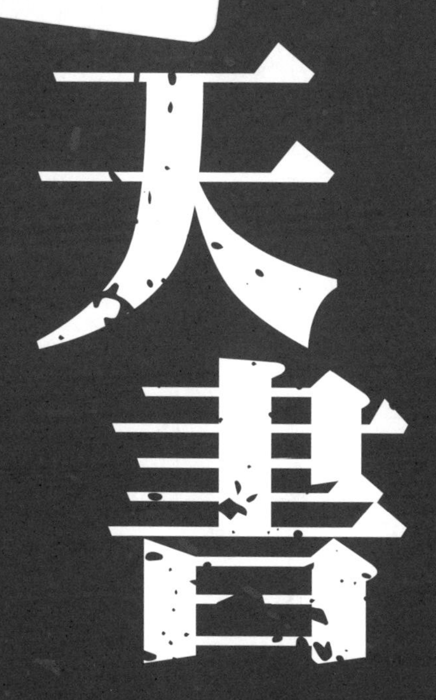

新之又新的序言，最新的

衛斯理小說從第一次出版至今，歷時已近半世紀，總共出了多少正版，還能計得清，若是連盜版一起算，那就算找外星人來算，也算匆清楚哉！不知能不能也算世界紀錄。

算得清好，算匆清也好，能幾十年來不斷出新版，說明不斷有讀者加入，對作者來說，沒有更值得高興的事了，謝謝所有喜歡衛斯理的人，謝謝謝謝。

倪匡

二〇二〇年六月四日 香港

幾句話

寫了四十多年小說，論者將拙作分為三個時期：早、中、晚。在明窗出版的一批，屬於早期和中期的上半。三個時期的創作風格有相當程度的不同，所以風評不一。本人並無偏愛，但讀友對早期的作品，頗有好評，大抵是由於在早、中期作品之中，主要人物精力充沛，活力無窮，所以使故事曲折多變，小說也就格外吸引。明窗出版社此次重新出版這批作品，正好讓大家來證明這一點。

四十餘年來，新舊讀友不絕，若因此而能有新讀友，不亦快哉！

倪匡

二〇〇五年十一月六日

序言

《天書》是《奇門》這個故事的延續。寫《奇門》的時候，絕想不到會有《天書》，但忽然有了，《天書》也就成為一個獨立的，又和《奇門》有密切關連的故事。

在《天書》這個故事之中，提出了一個「兩面鏡子相對論」。這個「理論」，在設想上全然可以成立，充分表現出距離和時間的關係。把地球上生活的人（任何星球上的高級生物）設想為各有無數「影」，任何一個影，都有相同的一生。再借一本天書，把這一切全都表現出來。

故事最後提及的推算命運的方法，近年來更多人知道，在一本題名為《靈界》的書中，曾詳盡記述了經由這種方法推算命運的經過和結果，如果「鏡子相對論」不成立，真不知如何設想第二個理論才好了。

姬娜的死亡，當然是一個悲劇，但命運既然前定，也屬於無法可施之事。

衛斯理（倪匡）

一九八六年十二月十九日

目錄

第一部

無價之寶求售

還記得一個名字叫姬娜的可愛墨西哥小女孩嗎？

只怕不記得了，連我自己也幾乎忘記了。

姬娜，是我多年之前，一件奇事中遇到的一個小女孩。那件奇怪的事情的始末，記在名為《奇門》的故事中。那件事的整個過程，是一個在宇宙飛行中迷失了的飛行員悲慘故事，那個飛行員叫米倫太太。

米倫太太留下了一些東西，其中有一枚紅寶石戒指，那是一塊美得令人驚心動魄的紅寶石，我得到了這枚紅寶石戒指之後，就送給了那個叫姬娜的小女孩，當時，她不過十歲左右。

其後，各種各樣的經歷，使我忘記了這件事，姬娜回到墨西哥之後，曾經寫過信給我，後來，音訊也斷絕了。

如今記述的這件事，我名之為《天書》，整件事，從那枚紅寶石戒指開始。

我和白素自歐洲回來之後，書桌上有一大堆信件，當然要逐封拆開來看，我先揀重要的，例如電報：沒有重要的事，不會打電報。

我看了幾封電報，其中有一封，甚令我莫名其妙，電報來自荷蘭的阿姆斯特丹，發報人是一個叫連倫的人，電報的內容如下：我們懇切地期待閣下的答覆，但不知緣何，一直未有閣下的消息。請盡速與我們聯絡。

我看了看電報的日期，是我回家前兩天。

這封電報，可以說是莫名其妙之極，我根本不認識這個人，也不知道他為什麼要和我聯絡，所以我看完了電報之後，只好隨手將之擱在一邊。

直到第二天，我在整理信件之時，才又發現了這位連倫先生的一封信，看完了這封信，我立即拿起電話，要接線生駁接到荷蘭的長途電話。

連倫先生先寫了信給我，因為沒有回，所以才拍電報來詢問究竟。我先看了那封電報，自然莫名其妙，但等到我看完了信之後，就知道事情的來龍去脈了。

以下，是連倫先生的那封信的內容：

「衛斯理先生：冒昧寫信給你，請你原諒。本人是荷蘭阿姆斯特丹極峰珠寶鑽石公司的負責人，本公司和本人如今面臨一個難題，希望閣下能協助解決。

「昨天，一位美麗高貴的女士，她自稱來自墨西哥，姓名是姬娜．基度。想出售她擁有的一塊重量達七克拉的極品紅寶石。老實說，我本人和我所負責的公司，一貫買賣極品珠寶，如果閣下對世界珠寶市場有認識，應該知道敝公司在珠寶市場中的地位。但是，我們也被基度小姐所帶來的那塊紅寶石所震驚。

「毫無疑問，這是稀世之寶！像這樣品質的紅寶石，不可能在歷史上沒有紀錄。比它次許多級的紅寶石，自從一開採出來之後，就有着各種各樣的紀錄。但這塊極品紅寶石，卻完全沒有來歷可稽。

「當然，我們絕不懷疑基度小姐是這塊紅寶石的主人，但是我們在收購這塊寶石之前，我們想要知道這塊紅寶石的來歷，基度小姐宣稱，閣下知道這塊紅寶石來歷。

「由於閣下在珠寶世界之中並非聞人，所以我們本來很難接受基度小姐的推薦，但我們在基度小姐的堅持之下，通過國際警方，得到了有關閣下良好信譽的保證，所以，我們想請閣下對這塊紅寶石的來歷，下一個斷言，以使我們和基度小姐的交易，得以完成。

「再者，基度小姐是閣下的朋友，本公司深以能獲得這樣的稀世奇珍為榮，而看基度小姐的情形，她似乎也急於求售，以換取一筆龐大的現金，想來閣下必然樂於見到基度小姐的願望得以實現，請閣下盡快與本人聯絡，順致謝意。」

看完了這封信，在等待長途電話之際，我思潮翻湧，想起了多年前的事情來。

姬娜現在應該有多少歲了？二十三？二十四？當然她已經成年。而那塊紅寶石，當時我送給了姬娜，想她永遠保存，如今她拿去求售，當然是她遇到了困難，我不相信她對那麼美麗的紅寶石，會忽然厭倦了，不喜歡了。事實上，事隔那麼多年，那紅寶石給我的印象，仍然極其深刻，那種透明的血紅，那種奪魄的光芒，毫無疑問，這是世界上最好的一塊紅寶石！

能夠收購這樣稀世奇珍，當然一定是在國際珠寶市場中極有地位的珠寶公司。而珠寶公司在付出巨款之前，希望弄清楚寶物的來歷，是很正常的要求，他們當然有權要求賣主，清楚地說明寶石的來路。

可是，我該怎麼向這位珠寶商連倫解釋呢？難道我告訴他實話，說這塊紅寶石，是來自一位叫米倫太太的金髮美女，而這位美女，根本不知道是什麼時候從地球起飛，去作偉大的探索宇宙的飛行，而結果，由於不可知的因素，而回到了我們的年代中來，鬱鬱十年，終於死在大海之中？

我當然不能這樣講，因為就算我講的每一個字都是實話，一個腳踏實地的成功商人，決不會相信我所講的話。

我已經想好了幾個謊言，準備騙連倫先生，例如，這塊紅寶石，是來自一個印度土王的寶藏等等。但是，這是次要問題，問題是我想知道，姬娜究竟是為了什麼，要放棄那枚如此可愛的紅寶石戒指。在她如今這樣的年齡，正應該是對珠寶最狂熱的時候。

其次，我自己也想要這枚紅寶石戒指，我不知道連倫先生出價若干，如果我可以負擔的話，我願意將它買下來，因為那實在是美麗得不可言喻的稀世奇珍！

在我思潮起伏之間，電話鈴聲響了起來。我拿起了電話，接線生道：「電話接通了，請講話！」

我等了一會，就聽到了一個有十分濃重鼻音的男子聲音道：「我是極峰珠寶公司的連倫。」

我忙道：「連倫先生，我是你要我解決難題的衛斯理！」

連倫「啊」地一聲，說道：「太好了！」

我道：「連倫先生，那顆紅寶石的來歷，決不成問題，我想知道基度小姐現在在哪裏？」

連倫道：「基度小姐受本公司的招待，住在酒店，等候你的消息。我想知道這顆紅寶石的上一任擁有者是誰，以及它更早的擁有者，和它開採，琢磨的紀錄。」

我答非所問：「請問，基度小姐在哪一家酒店之中？多少號房間，我要和她聯絡。」

連倫猶豫了片刻：「為了什麼？」

我道：「在她還是一個小女孩的時候，我已經認識她了，我想再見她。」

連倫呆了片刻，才道：「基度小姐說，這枚紅寶石，是閣下在她十歲那年送給她的？」

我心中苦笑了一下，原來姬娜為了出售這枚戒指，已經對連倫說了不少，可能連戒指原來是米倫太太的，都告訴他了！

我聽到對方這樣問，只好答道：「是的。」

連倫又呆了半晌，才道：「先生，我不認為你對珠寶毫無認識，這樣名貴的寶石，送給一個十歲的小女孩，這——這——似乎——似乎——」

他遲疑着沒有說下去，顯然是認為這種事太不合情理，我心中不禁有點怒意：「你可以作一百種不同的想法，但是，這枚戒指，的確是我送給她的。老實說，我不知你們出價多少！我要和她直接聯絡，我願意將這塊紅寶石買回來！」

連倫發了急，連聲道：「不！不！先生，紅寶石是我們的，基度小姐已經預支了一筆錢，紅寶石肯定是我們的，我們只不過——」

我打斷了他的話頭，冷笑了一下：「你怕什麼？怕那是賊贓？」

連倫連忙道：「不！不！絕對不，請你別見怪，我可以知道，米倫太太是誰？我們查遍了擁有名貴珠寶的名人錄，可是查不到米倫太太！」

我愈聽愈是怒氣上衝，大聲道：「我勸你，如果要這顆紅寶石的話，趕快買下來。我敢斷定，你出的價錢，最多不過是真正價值的十分之一！至於這顆紅寶石的來歷，講給你聽，你也不會相信！」

我剛對着電話在吼叫之際，白素推開書房門，走了進來，向我作了一個詢問的神色，我向她無可奈何地笑了一笑。電話那邊，連倫連聲說道：「是！是！那可能是來自東方某一個神秘的寶藏——」

我道：「隨便你怎麼想，現在，你可以將基度小姐的住址告訴我了麼？」

連倫猶豫了一下：「好，我告訴你。」

他給了我酒店的名稱和房間的號碼，我記了下來。連倫又道：「無論如何，我本人以及我們的公司都很感謝你，這顆紅寶石實在太美麗了，我們出的價錢也不低，先生，一百萬英鎊。當然，這顆寶石如果拿出來拍賣，究竟可以賣多少錢，誰也不敢預料！」

我笑了笑：「請別介意，我剛才的意思是，這顆紅寶石，是真正的無價之寶，任何數字的金錢，都難以衡量！」

連倫道：「是的！是的！你說得對！」

我和連倫的通話，到此結束，白素走了進來，我道：「還記得那個叫姬娜的小女孩？」

白素道：「記得，怎麼？她要出售那枚戒指？」

我道：「看來是這樣，我要問她，為什麼要賣掉它呢，我實在不希望這枚戒指落入珠寶商手中！」

白素作了一個無可奈何的神情，我又拿起了電話，再要接線生接荷蘭的長途電話。

十分鐘之後，電話鈴響了起來，但是我卻沒有聽到姬娜的聲音，仍然是接線生：「先生，酒店方面説，姬娜．基度小姐，已經在一小時之前退了房，離開了酒店，對不起！」

我呆了一下，説了聲多謝，就放下了電話。

姬娜已經退掉了酒店的房間，我絕不認為那是有了什麼意外，可能是由於連倫等我的回音等不到，已經決定向她購買這顆紅寶石，那麼，姬娜取到了錢，自然就離開了！不過連倫似乎十分可惡，他剛才和我通話，還一點口風都不肯透露。

我想，姬娜知道我急於和她聯絡，連倫一定會和她談起，她會主動來找我，那倒不必心急。

事情，似乎已經告一段落了，當天，我和白素討論了不少有關那枚紅寶石戒指的事。

第二天一早，我還在牀上，就被電話鈴聲吵醒，拿起電話來，是荷蘭來的長途電話。我以為，那一定是姬娜打來的電話了。

誰知道我等了一會，又聽到了連倫有濃重鼻音的語聲。他好像十分憤怒，以至鼻音聽來更重。他一聽到我的聲音，就大聲道：「先生，我不知道你對基度小姐講了一些什麼。」

我呆了一呆：「我什麼也沒有和她講！昨天，我和你通話之後，立即打電話到酒店去找她，可是酒店方面，說她在一小時之前，已經退了房！」

連倫怪叫道：「見鬼！」

我十分惱怒：「見鬼是什麼意思？酒店方面，應該有長途電話的紀錄，你可以去查一查！」

連倫喘着氣：「對不起，我並不是說你，我是說，基度小姐離開酒店，並沒有通知我，當我決定向她購買那塊紅寶石的時候，已經找不到她了！」

我呆了一呆：「找不到她？她沒有將紅寶石留在你們處？」

連倫道：「沒有，我勸她將寶石留下，可是她不肯，我已經通知了警方，你知道，先生，一個女人，帶着價值如此高的寶石，可以發生任何意外！」

我也感到事情不尋常，一時之間，不知說什麼才好，連倫又道：「基度小姐預支了的那筆錢——」

我大聲道：「她預支了多少，由我來還！重要的，是盡一切可能，找到她的下落！有了她的任何消息，立即與我聯絡，電話費由我支付！」

連倫答應。我和他的第二次通話，就是這樣。

當我坐在牀上發楞，白素拿着早報走了進來，我道：「姬娜失蹤了！」

白素呆了一呆，我將連倫的電話對她說了一遍。白素道：「不知道姬娜最近的生活怎麼樣？我們也不知道她為了什麼要出售那枚戒指，一切的猜測，全沒有用！你要知道，那麼多年，她不再是你當年認識的那個小女孩子！」

我嘆了一聲：「你說得對，我看只有等連倫進一步的消息，看來，他比我還要着急。」

等到晚上，連倫的消息來了。

連倫在長途電話中告訴我：「警方一直找不到基度小姐，也沒有她出境的紀錄，她離開了酒店之後，就再也沒有人見過她。警方的高層人員說，閣下對於疑難的案件有豐富的經驗，如果你能夠來，找到基度小姐的希望就大得多。」

我苦笑了一下：「我才從歐洲回來，請問，基度小姐可曾向你透露過她為什麼要出售寶石？」

連倫像是因為我的問題太怪，所以呆了一呆，才道：「為什麼？當然是為了錢！」

我沒有再問什麼，因為我也想不出除了錢之外，姬娜還有什麼原因要出售那枚可愛的戒指。

我道：「請荷蘭警方繼續努力，如果明天這時候，仍然沒有消息，我會考慮來。」

連倫唉聲嘆氣，掛上了電話。他的心情，倒很容易明白，一個珠寶商，在見到了這樣美麗的寶石之後，忽然失去機會，心裏自然難過。連倫所關心的，只是那枚紅寶石，決不是姬娜！

接下來的一天，我有點心神恍惚，白素看出我的心意：「又要出門了！」

我苦笑了一下：「事情本來很平常，可是忽然之間姬娜不見了，這不是很怪麼？」

白素攤了攤手：「看起來仍然像是普通的失蹤，不像可以發掘出什麼奇特的事情來。」

我道：「那也很難說，那顆紅寶石的來歷如此奇特，如今又自它開始而發生了事，實在有必要去探查一下！」

白素點頭道：「我不反對！」

我道：「等等連倫的消息再說。」

連倫的消息又來了。他的電話比我預期的來得早：「沒有基度小姐的消息，先生，一位祖斯基警官，想和你講幾句話。」

我等了一會，一個聲音傳了過來：「我是祖斯基，我曾在巴黎國際警察總部服務過，見過你幾次，只怕你不記得我了！」

我只好直認：「對不起，沒有什麼特別的印象。基度小姐失蹤的事，是不是有特別疑難？」

祖斯基道：「是的，第一，她帶着價值極高的珍寶——」

我立時打斷他的話頭：「因為身懷巨寶而失蹤，還只是普通的案件，我的意思是，是不是有什麼特別的地方，非要我來不可的？」

祖斯基吸了一口氣，在電話中，可以清楚地聽到他長長的吸氣聲。他道：「有！」

他在說了一個「有」字之後，又停了半晌，我心急，忍不住催道：「是什麼，請快說！」

祖斯基說道：「有，在她退掉酒店的房間之前，她曾經出去過一次，拿着一本包好了的書，向酒店櫃枱的職員要郵票去投寄。」

我道：「警官，你的話有問題了，既然是包好了的，誰能肯定那是一本書？」

祖斯基忙道：「櫃枱職員說的，他說那形狀、大小，是一本書，或者，是一疊紙，總之是相類的物件。酒店沒有郵票供應，她就問了郵局的地址，走出去，在半小時之後又回來。」

我忙問道：「她投寄的東西，寄到哪裏？」

祖斯基道：「不知道，她並沒有寄掛號，可能只是投入郵筒、郵局當普通的郵件處理，不可能有紀錄。」

我想了一想：「那也不能說明什麼！」

祖斯基道：「是的，可是一個女侍——」

我不禁有點冒火，說道：「警官，你說話別一截一截！」

祖斯基忙道：「對不起，請原諒，實在是事情發生得很亂，所以我才不能一件一件告訴你！」

我有點啼笑皆非：「好吧，算我剛才沒提過抗議，請繼續下去。」

祖斯基這才又道：「酒店的一個女侍，曾經看到基度小姐在包那個郵包，據她說，包的好像是一本書。」

我嘆了一聲，道：「警官，是一本書，就是一本書，什麼叫作『好像是一本書』？」

祖斯基也無可奈何地笑了一下：「情形是這樣，那是一本書——一本書的原稿。那女侍說，她看到的是一厚疊紙，紙上寫滿了密密麻麻的字，那好像是一本書，她看到的情形，就是這樣。」

我聽到這裏，才鬆了一口氣，總算弄明白了姬娜在失蹤之前寄出的是什麼東西。那是一包稿件，也可能是一包文件，總而言之，是一厚疊寫滿了字的紙，當然，也可以稱之為一本書。

我道：「我明白了，不論她寄出的是什麼，那和她的失蹤有關係？」

祖斯基道：「我無法知道，因為我沒有看到過這本書的內容，而且，也不知道她寄給了什麼人。」

我道：「那就將這件事暫且擱在一旁，別把它當作是主要的線索。另外可還有什麼值得注意之處？」

祖斯基的聲音聽來像是很抱歉：「暫時沒有，或許你來了之後，會有進一步的發現？」

我苦笑道：「我不明白何以你們一定堅持要我來。我看不出對事件會有什麼幫助！」

祖斯基沉默了片刻，雖然我只是在和他通長途電話，可是我也可以料到他那種猶豫的神色。他顯然無法立即回答我這個問題，可是他短暫的不出聲，卻又表示他還是堅持要我去。

這種情形使我感到一點：是不是另外有什麼隱秘，連倫和祖斯基不肯在電話中告訴我呢？我正想這樣問他之際，祖斯基已結束了沉默：「總之，如果你肯來的話，事情一定會有幫助！」

他這樣說法，使我心中的疑雲更甚，我道：「好的，我來。」我答應了之後，又補充了一句：「可是你們別將希望寄託在我的身上！」

我這樣的補充，自然有理由。雖然我認識姬娜，但那是很久以前的事了。雖然那隻紅寶石戒指是我送給姬娜的，但我也不是寶石的真正主人，寶石的真正主人，是那位神秘的米倫太太。在這樣的情形下，就算我去了，對姬娜的失蹤，能不能有幫助，只有天曉得。

可是，祖斯基一聽到我肯去，他的高興，出乎意想之外，他先發出了一下歡呼聲，接着，又像是發覺自己太得意忘形了一樣，歡呼聲陡地停止，可是又禁不住連聲道：「太好了！太好了！」

我並不是一個感覺遲鈍的人，我已經感到，祖斯基的態度，十分不正常。作為一個處理姬娜失蹤案的警官而言，似乎沒有理由聽到一個對案子其實不相干的人肯去和他會面，就高興成這樣子。

可是儘管我有了這樣的感覺，我再也想不到此後事態的發展會如此出人意料之外！

當然，日後的事，誰也沒有法子預料！

我放下了電話，正在呆想着，白素已來到了我的身前，我道：「荷蘭警方堅持要我去一次，我看——」

白素笑了起來：「不必向我解釋，去好了。我看這次旅行，一定是你所有的旅行中最乏味的一次！」

我攤了攤手，我也絕不認為整件事有什麼怪異之處，只不過是姬娜忽然失了蹤而已。

第二天，我就上了飛機，旅途中並沒有什麼可以記述的，我只是在起飛之前，又和連倫通了一個電話，連倫説他和祖斯基，會在機場接我。

等到我到了目的地，走出機場，就看到一個金髮美男子，高舉着寫着我名字的紙牌，在他的身邊，站着一個半禿的胖中年男子。我逕自向他們走了過去，那禿頂中年男子一開口，那濃重的鼻音，就使我知道了他是連倫先生。我先和連倫握着手，連倫又介紹那金髮男子，他就是祖斯基。我一面和祖斯基握着手，一面道：「你好，警官先生，又有什麼新的發現？」

連倫和祖斯基兩人互望了一眼，在他們互望之際，可以明顯地看出兩人的神情，都極其尷尬。

本來，我們一面寒暄，一面一起在向外走去，一發現了這一點，我便停止了腳步，用嚴厲的目光，盯着他們。兩人神情更是不安，祖斯基攤着手：「對不起，不關連倫先生的事，全是我的主意！」

我不禁心頭有點冒火，這兩個傢伙，有事瞞着我，鬼鬼祟祟，我臉色自然也不會十分好看：「那麼，關誰的事？」

祖斯基道：「是我的事。」他頓了一頓，才又道：「我不是警官！」

這時，我真的十分生氣，祖斯基不是警官！那麼他是什麼人？他和連倫在玩什麼鬼花樣？將我千里迢迢，騙到荷蘭來，為了什麼？

第二部

稀世紅寶石「死」了

我悶哼了一聲，那種受人欺騙的憤怒，不但形於臉色，而且，還十分明顯地表現在我緊握着，而且揚了起來的拳頭上。

祖斯基像是未曾料到我的反應會如此之憤怒，他慌忙後退了一步：「請聽我說！」

連倫也忙道：「衛先生，請原諒，請原諒！」

我冷笑道：「你大概也不是什麼珠寶公司的負責人？」

連倫一聽得我這樣說，不但漲紅了臉，連他半禿的頂門上，也紅了起來：「我當然是，而祖斯基，是我們公司的保安主任！」

我向祖斯基望去，只見他神情尷尬，實在無可奈何，而且充滿了歉意。看到他這樣情形，我怒火稍戢：「那麼，你們的目的是什麼？」

祖斯基苦笑了一下：「我們有難以解決的事，想請你來幫助，但又怕你不肯來。」

我陡地一呆：「不就是為了基度小姐失蹤麼？」

連倫道：「除此之外，還有一件事！」

我伸手指着他們兩人：「等一等，先弄清楚，我是為了基度小姐的失蹤才來的！」

祖斯基忙道：「當然是！警方、我們公司、我本人，正在盡一切努力，要找她出來！」

我「哼」地一聲：「那麼，我還是直接和警方接頭好些！」

我一面説，一面不理會他們兩人，逕自向外走去。我實在不喜歡有人向我弄狡獪，我這時，真的打算直接去和警方接觸。

可是我一向外走，連倫急急跟在我的後面，祖斯基的身手看來十分敏捷，他趕過了我，轉過身來，面對着我，我一直向前走，他一直向後退，一面道：「等一等，衛先生，基度小姐失蹤的事，暫時不會有什麼進展，可是她那枚紅寶石戒指——」

我陡地一呆，停了下來。

祖斯基不由自主，有點氣喘：「那枚紅寶石戒指，有點事要……你幫忙！」

我立時向連倫望去，連倫一面抹着汗，一面道：「真對不起，我向你說了謊！」

我冷笑一聲：「紅寶石在你這裏！」

連倫道：「是的，基度小姐一來求售，就將戒指脫了下來，放進了我們公司的保險庫中。」

我真正感到怒不可抑，大聲道：「渾蛋！你們究竟是關心姬娜的失蹤，還是關心紅寶石？」

連倫忙分辯道：「兩者都有，請你原諒！」

我一字一頓：「我不會原諒一個騙子！」我略停一停，又補充道：「不會原諒兩個騙子！」

祖斯基和連倫兩人的神情，尷尬之極，因為我講得十分大聲，引得不少人向他們望了過來。

祖斯基道：「我們也不敢祈求你原諒，只想你來了之後，知道一下不方便在電話中討論的事實，給我們一點意見，就感激不盡！」

這時候，我心中一則以氣，也一則以疑。祖斯基提到了「事實真相」，那究竟是什麼意思？

我瞪着他，想聽他進一步的解釋。祖斯基向我走近了一步：「衛先生，請你到我們公司去，才能真正了解事情的真相。」

我心中充滿了疑惑，實在不知道他們在搗什麼鬼，可是看他們兩人的神情，雖然曾經騙過我，可是這時，又焦急，又尷尬，分明有着極其重大的事不能解決。我吸了一口氣：「我不知道自己為什麼還要答應你們，但是，好吧！」

連倫和祖斯基兩人，一聽到我答應，連聲道謝，跟着我一起出了機場。一出了機場，就有一輛大房車駛了過來，我們一起上了車。

在車上坐定之後，我忍不住「哼」地一聲：「我現在的處境，倒像是被什麼黑組織的頭子弄到他秘密巢穴中去一樣！」

連倫和祖斯基的神情苦澀，對於我的諷刺，都不知如何應付才好。連倫向祖斯基埋怨道：「我早就說過，我們該將一切真相對衛先生說出來，請他幫助！」

祖斯基道：「或許是，但無論如何，一定要衛先生來才行！」他轉向我：「等一會你到了我們公司，你別心急，等我逐步將事實真相告訴你！」

我冷笑一聲：「反正我已經落在你們手裏了，隨你們喜歡怎麼樣！」

祖斯基和連倫兩人，只是苦笑，忍受着我的諷刺。我見他們無聲可出，心中多少也出了一點氣。車行大約半小時之後，在一座相當古老的建築物前，停了下來，那建築物有十幾道石階通向大門，在大門兩旁，有四個武裝警衛，而大門上，則有着「極峰珠寶公司」的字樣。我向連倫瞪了一眼：「還好，珠寶公司不是假的！」

祖斯基讓我下了車，跟在我身邊：「衛先生，我先請你了解一下我們公司的保安程序！」

我道：「有必要麼？」

他道：「完全有必要！」

我心中陡地一動：「為什麼？那枚紅寶石不見了？」

連倫和祖斯基兩人，一聽得我這樣問，都不由自主，震動了一下。那使我幾乎可以肯定：我料中了！

可是接着，他們卻又一起搖起頭來，神情苦澀，祖斯基説道：「你別心急，一步一步了解事實。」

我悶哼一聲，看來祖斯基是一個按部就班的人，就算迫他，也迫不出所以然來。

我們一起進了公司，從進門開始，祖斯基就不斷向我介紹着整幢建築物中的保安措施。由於這家珠寶公司中隨便一件貨物，都價值極高，是以各種各樣的保安措施之嚴密，也有點匪夷所思。我也不準備在這裏詳細介紹，因為詳細情形對整個故事，並沒有什麼直接的關係。但是我又必須提出來，因為多少也有一點關連。

各位只要有這樣一個概念就夠了，那就是：在公司保安措施防衛之下，任何人，即使是一個超人，也沒有可能自它的保險庫中偷走任何東西！

連倫的辦公室，在這幢建築物的二樓，那是一間相當大的辦公室，有六個武裝守衛二十四小時不停地守衛着，因為在他的辦公室中，有一個私人升降機，直通在地窖中的保險庫。

辦公室的佈置，相當豪華，全是古典家俬，當我們進了他的辦公室之後，我先老實不客氣地在一張絲絨沙發上坐了下來：「好了，究竟事實的真相怎麼樣，可以開始了吧！」

連倫和祖斯基兩人互望了一眼，連倫來到一座書架之前，按動了一個掣，書架移開，現出了一具保險箱。祖斯基則在我身邊，坐立不安，解釋着——我早已在他的口中，知道了總保險庫是在地窖中，四面有一公尺厚的花崗巖保護——連倫的這個保險箱，是為了業務方便，臨時收藏珠寶用的，只要連倫一下班，保險箱中所有的東西，就會被送到保險庫去。

這時，連倫打開了保險箱，從我所坐的角度望過去，可以看到保險箱的大門一打開，裏面又分成了許多格小門，連倫再打開了其中的一格小門，自小門之中，取出了一隻盒子。我注意到他在取出這隻小盒子來的時候，手在劇烈地發着抖，甚至連面肉也在不住抽搐，顯然是有極其重大的打擊，降臨在他的身上！

他取了那隻小盒子在手，轉過身來，長長地吸了一口氣，盡量使自己鎮定下來，來到我的面前，將那隻小盒子放在我面前的几上。直到如今為止，我還不知道連倫和祖斯基兩人，究竟在搗什麼鬼，所以我並沒有伸手去碰這隻盒子，只是瞪着他們兩人。

祖斯基道：「請你打開盒子來看一看！」

我低聲悶哼了一聲，我實在不喜歡他們在我面前玩花樣，但是沒有法子，我既然已被他們騙了來，也只有走一步是一步。

一聽得祖斯基這樣說，我就伸手，將那隻盒子，打了開來。

那是一隻相當普通的放小型飾物的絲絨盒子，並沒有什麼特別，我也並不期待在打開它之後，會看到有什麼特別的東西。

可是，當我一打開盒子之後，我卻陡地一呆，立時抬頭向連倫和祖斯基兩人望去。在那隻小盒子中，放着一枚戒指，而我一眼就可以看出來，這枚戒指，就是當年米倫太太的遺物，後來到了我的手中，由我送給姬娜的那一枚。當然也就是姬娜拿來求售的這一枚！

我一面向他們望去，一面失聲道：「那枚戒指！」

祖斯基的神情，顯得十分緊張：「你說『那枚戒指』，那是什麼意思？」

我不禁又好氣又好笑，指着戒指：「我說這枚戒指，就是多年前，我送給基度小姐的那一枚！」

連倫的聲音，也因為緊張而有點變化，他道：「請你仔細看看！」

他一面說着，一面將戒指送到了我的面前，我伸手自盒子中拈出戒指來：「我可以肯定，絕對——」

我才講到這裏，下面一個「是」字還未曾出口，就陡地停了下來。這時候，我已更清楚地看清了這枚戒指。

當年，這枚戒指到我手中的時候，我曾經仔細地觀察過。我不但曾留意到那粒紅寶石的驚心動魄的美麗，而且，對於戒指的「托」，也曾細心觀察過。

那枚戒指的「托」，鑄造得極其精緻，托着紅寶石的，是一對精細的翼，那麼小的一對翼上，甚至連羽毛的紋路也可以辨認得出來。

這時，在我手中的那枚戒指，毫無疑問，就是當年我送給姬娜的那一枚——

或者我應該說，那枚戒指的「托」，一點也沒有改變。

可是，那顆紅寶石，我實在忍不住心頭的震驚，以至我自己的手，也有點發抖。那顆紅寶石，我實在不知該如何形容才好，這時，我只是突然衝口而出：「天！這顆紅寶石死了！」

我用「死了」兩個字，來形容一塊寶石，任何不是身歷其境的人，一定會覺得十分滑稽，甚至會忍不住「哈哈」大笑起來。

可是，我實在無法再用第二種字眼去形容那顆紅寶石。任何以前見過這顆紅寶石的人，現在再見到這顆紅寶石，都會從心底同意我的說法！至少，這時連倫和祖斯基兩人，就十分同意。他們一聽到我這樣講，就不由自主，連連點頭。

那顆紅寶石，本來是如此晶瑩透澈，雖然只是小小一塊，可是當你向它凝觀，就像是自己漸漸置身於一片血紅色的大海。那種光澤、美麗，真是令人神為之奪，心為之驚。

可是現在，在那麼精美的戒指托上面的那一顆，算是什麼呢？只不過是一塊紅色的石頭而已，不但毫無光澤，而且是實心的，一點也不通透，甚至可以看出有許多灰色的斑點。老實說，那根本不是寶石，如果是的話，那麼我應該說，我從來也未曾見過這麼拙劣的寶石！

我定了定神：「兩位，這枚戒指——」

我一面說，一面又取過几上的放大鏡來，仔細地檢查着戒指的本身，然後，才繼續道：「戒指，肯定是原來的一枚，但是紅寶石，卻換過了！」

連倫和祖斯基兩人，互望了一眼，連倫掏出手帕來抹着汗，他道：「衛先生，請你再看看清楚！」

我大聲道：「何必？誰都可以看得出來，這塊紅寶石，半分不值！我相信，如果有人拿着這樣的戒指來向你求售的話，你一定會將他趕出去！」

連倫苦笑道：「是，可是——」

他說到這裏，又求助似地向祖斯基望了過去。

祖斯基道：「請你將事實從頭了解。某一天，基度小姐來到公司，要求見公司的負責人，連倫先生接見了她，她說明了來意，取出了那枚紅寶石戒指，連倫先生從事珠寶業二十多年，一看就可以看出，她取出來的那枚戒指，是稀世奇珍、世上罕見的紅寶石——」

我聽他講得這樣詳細，大是不耐煩：「我對於連倫先生鑒定寶石的能力絕不懷疑，你能不能將事情的經過簡單點說？」

誰知道祖斯基這傢伙竟然道：「不能，你一定要明白了所有的程序，才能明白整件事情的怪異！」

我瞪着他，如果不是最後提及了「怪異」，我真想站起身來一走了事。既然事情有「怪異」之處，那我自然不妨慢慢聽他從頭講起。

我取過了一支煙來，燃着，靠在沙發背上，使自己坐得舒服一點。

祖斯基道：「儘管連倫先生一眼就看出了那是稀世奇珍，但是他仍然按照程序，動用了儀器，來測度這顆寶石。請注意，在測度的時候，絕沒有將寶石自戒指上取下來，因為鑲製不但精美，而且牢靠，你也可以看得出，並不容易將寶石除下來！」

我點了點頭，接着，由一面在不斷抹汗的連倫先生繼續講下去。他似乎出汗愈多，或者愈是緊張，講話時的鼻音就愈是濃重，聽來像是有一群蜜蜂在他喉嚨之中打轉。

連倫先生道：「我們的儀器檢驗設備全世界最先進。檢驗的結果是，這枚紅寶石的一切，都合乎最最嚴格的要求。換句話說，那是一顆毫無瑕疵、十全十美的好紅寶石！」

我「哼」了一聲：「本來就是，又何必用什麼儀器來檢驗！」

連倫先生不理會我：「當我肯定了寶石的品質之後，就開始議價。本來，在這個程序之中，應該將寶石自戒指上脱下來，這樣，才可以知道它精確的重量是多少。但是我覺得戒指本身也極其精美。而且寶石的質地，既然這樣獨一無二，大小、重量都不成問題了，所以，我沒有那麼做。」

他講到這裏，頓了一頓，才又繼續道：「請注意，寶石自始至終，都沒有離開戒指！」

我仍不明白他這樣強調是為了什麼，只好點頭，表示已注意到了。

連倫又道：「我們議定了價錢，我就提議基度小姐將這枚戒指，留在我們的保險庫裏，只要有了寶石來源的證明，就立即付款，她同意了！」

連倫講到這裏，現出了一種極其懊喪的神情來，伸手打着自己的禿頂：「我真不應該那樣提議，甚至基度小姐提出，我也應該拒絕！」

我有點生氣：「先生，你這樣説是什麼意思？」

連倫指着盒子中的戒指：「結果如何，你已經看到了！」

我道：「我仍然不明白你的意思！」

我的語氣，聽來已相當嚴厲，而連倫先生也一副亟於解釋的神氣，祖斯基雙手搖着：「一步一步來，連倫先生，這樣，衛先生才會明白。」

連倫喘了幾口氣：「好的。當時，我就召來了攝影人員，對這枚戒指攝影，這是重要的珠寶，而且暫時又不屬於我們公司的，存放進保險庫時的必要手續。」

我又點頭表示明白，連倫續道：「照片一共有八款，從八個不同的角度來拍攝，而且，可以放大六十倍！」

他講到這裏，向祖斯基望了一眼，祖斯基站了起來，走近一個框子，打開框來，按動了幾個掣，對面的牆上，有一幅巨大的銀幕垂下，辦公室中的燈光暗下來，銀幕上立時出現了那枚戒指的正面，放大了六十倍的情形。那塊紅寶石，在放大了六十倍之後，即使是放映出來，也足以映得全室皆紅，連人的肌膚，都成了紅色。

我吸了一口氣：「不錯，這才是原來的寶石，世界上獨一無二的紅寶石！」

祖斯基和連倫兩人，都苦笑了一下，而我，則只在心中感到好笑。他們講了半天，我對整件事，當然已有點眉目了。

這枚戒指，在進了保險庫之後被人掉了包。換了一枚一文不值的，難怪他們緊張！我想整件事就是這樣，而且，他們多半還懷疑那是姬娜的一種行騙手法！試想，如果姬娜這時忽然出現，說是不賣了，要取回那枚戒指，他們怎麼拿得出來？這時，整家珠寶公司的名譽破產，他們自然心中焦急。

雖然我不見姬娜已然很久，但是我仍然無法想像，姬娜會是這樣的一個騙子。所以，我心中儘管已經想到了事情的來龍去脈，卻並不出聲，只是聽他們如何下結論。

連倫又道：「當天，寶石進了保險庫，我立即寫信給你，衛先生，請你提供這顆寶石的來源，基度小姐作為公司的貴賓，住在酒店。」

祖斯基接下去：「你的回信久久不來，我們又打了一封電報給你，仍然沒有回音，連倫先生已幾乎決定不再等下去了，因為那顆寶石——」

連倫道：「寶石實在太迷人，我每天都拿出來，審視一小時，還捨不得將它放回去！」

我忍不住「哼」地一聲：「每天拿進拿出，自然容易出毛病！」

連倫漲紅了臉，祖斯基道：「不可能的，你聽下去，就會明白！」

我沒有再出聲，自然一副不屑的神色。

連倫注意到了我的神情，苦笑了一下：「後來，你的電話來了，我當然極其興奮。在我告訴你基度小姐的電話之後，我也立即和基度小姐聯絡，可是發覺她已經離開了酒店！」

他講到這裏，氣息急促起來，說道：「衛先生，或許這是我從事珠寶生意多年來的本能，一知道基度小姐離開酒店，就立即想到，那顆紅寶石可能出問題！」

我聽到這裏，心中起了一股不可抑制的厭惡之感，所以我立時以十分不客氣的語調道：「連倫先生，你這種本能，的確有異於常人，常人在這樣的情形下，一定關心基度小姐的下落，而你卻只關心那顆紅寶石！」

連倫先生再度漲紅了臉，給我的話，弄得出不了聲。祖斯基則有點憤然道：「你這樣指摘不公平，事實上，連倫先生一感到事情有不對頭之處，立即從保險庫中取出那枚紅寶石戒指來，戒指上的紅寶石，就變成了現在這樣子！」

我霍然起立：「等一等，兩位，你們說了這麼多，是不是想說明，是她在向你們行騙？」

祖斯基也站了起來：「如果我們只是像一般保安人員那樣，草率地下結論，那就一定是這樣，可是我們卻十分詳細地考慮過，所以，才冒認警方人員，請你來協助解決這個難題。」

我冷笑道：「我看不出你們有什麼難題，寶石是在你們的保險庫中失去的！」

祖斯基挺了挺身：「寶石沒有失去！」

我瞪着他：「沒有失去？」

祖斯基道：「還是那顆紅寶石，只不過它變了，從一顆稀世之寶，變成了一塊普通的石頭！」

我一聽得他那樣説，真忍不住要哈哈大笑起來，可是一看到他們兩人嚴肅的神情，我知道他們必然有根據，才會這樣説的，所以忍住了笑，想了一想：「是不是你們對自己的保安設施太有信心了？」

祖斯基道：「不是，現在，你已經了解了全部事態的發展過程了，請你比較這些幻燈片！」

他一面説，一面又按下了幾個掣，銀幕上，立時出現並列的圖片，右半邊，是我已經看過的，放大了六十倍的紅寶石戒指。左半邊，也是放大了六十倍，就是如今在盒子中的那枚戒指。

在我的想像之中，紅寶石既然變成了石頭，那麼，一定是整枚戒指全被人換過了的，可是這時，我一看到並列的圖片，就不禁吸了一口氣。我自信是一個觀察力相當敏鋭的人，如今我看到的兩幅圖片，我第一眼的印象就是：那實實在在，是同一枚戒指！

祖斯基不斷地按着掣，幻燈片轉換着，每一次，都是兩枚戒指並列，由同一角度拍攝出來的照片。等我看到第六幅之際，祖斯基道：「衛先生，請你注意戒指上的那一根黑色的絲線。」

那是一根極細的絲線，其實也不是絲線，只不過是從絲線質的衣服上勾下來的一股絲，如果不是放大了六十倍，肉眼根本看不到。這股絲，嵌在戒指的「托」和寶石之間，呈彎曲形。而在兩幅圖片上，都有着同樣的一股絲。這證明了祖斯基的話是對的，戒指並沒有被掉換過，甚至戒指上的寶石，也沒有被撬下來過，戒指根本沒有動過，只不過是紅寶石忽然變成了石頭。

接下來，我又看了近十幅圖片，圖片上一切最細微的地方，完全相同，已經完全可以證實這一點。

等到圖片放完，連倫和祖斯基兩人，都向我望來：「怎麼樣？」

我苦笑了一下，用力以手撫着臉，呆了好一會，才道：「是的，還是那枚戒指，沒有換過，寶石也沒有取下來過。」

連倫先生吁了一口氣，神情疑惑之極：「但是為什麼價值連城的紅寶石，會變成了一塊普通的石頭？」

我眨着眼，對連倫的這個問題，全然無法回答。

連倫的雙手緊握着：「那……戒指上，本來絕對是一顆極品紅寶石，一定是，別說經過儀器的詳細檢查，我一眼就可以看得出來，可是為什麼會變？衛先生，這枚戒指的來歷，究竟怎樣？」

我也無法回答連倫的這個問題，因為要詳細說這枚戒指的來歷，實在太花時間！我只好反問道：「請問，你在懷疑什麼？」

連倫喃喃地道：「我不知道，我不知道！」

祖斯基道：「在這些日子內，我已經請教了不少專家。我問的問題是：紅寶石是不是在某種的情形下，會變成普通的石頭。」

我吸了一口氣：「在理論上來說，應該是有可能的，例如碳，在巨大的壓力之下，會變成鑽石，鑽石在某種巨大力量的衝擊下，自然也會變成它的同位異素體。可是這種變化，只能在巨大的原子反應爐中發生，你們的保險庫——」

祖斯基道：「是的，你的答案，和我所得到的專家答案是一樣的，這些日子來，紅寶石顯然沒有發生變化的條件，一點也沒有！」

祖斯基說到這裏，目光炯炯地盯着我：「剩下來的，只有一個可能了！」

我已經知道他要說的是什麼了，因為根據邏輯來分析，的確是只剩下這一個可能了。

我沒有出聲，祖斯基道：「剩下來的唯一可能是，這戒指上所鑲的，根本就不是紅寶石！」

當祖斯基說到這裏的時候，我的反應十分堅定，因為我早料到他會這樣說。反倒是連倫先生，發出了一下呻吟聲。

祖斯基提高了聲音：「那不是紅寶石，只不過是極度類似紅寶石的一種東西，衛先生，你知道它的來歷，這樣說法，是不是對？」

我深深地吸着氣，思緒十分混亂。祖斯基的話，簡直已十分不客氣，指摘我在用一種極類似紅寶石的東西在欺騙他們！

在這樣的情形下，我應該為自己辯護！

但是我立即想到那枚戒指的來歷，這枚戒指原來的主人米倫太太，堅持她由太陽系中的一顆行星上起飛，去實行探索太空的任務，結果她回到了她出發的地方，可是卻完全不是那麼一回事，什麼都變了。我曾和很多人研究過，有的人說，米倫太太可能是地球上幾十萬年，甚至幾億年前的「上一代」的人。也有人說，她可能是地球上幾千年幾萬年之後的「下一代」人。

還有一個很特別的說法，提出這個說法來的，是一個天文學家，他說，宇宙是對稱的，有正反，或陰陽兩面，每一個星球，都有和它本身完全相同的「影子」，就像是人在鏡子前一樣，而米倫太太，就是從地球的「影子」中來的。

最後一個說法，自然玄妙得令人不可理解，但不論如何，米倫太太的來歷是一個謎，這枚紅寶石戒指的來歷，也是一個謎。

戒指上所鑲的，是不是真是一顆紅寶石？我也不能肯定。可能它和地球上的紅寶石完全一樣。但也可能，在種種方面都十分相似，但有一點不同，而就是這一點不同，使它會在忽然之間，變成了一塊普通的石頭！

祖斯基一直望着我，在等着我的回答，我在想了好幾分鐘之後，才道：「我非常佩服你的想像力，你所想的有可能！」

祖斯基像料不到我會有這樣的回答，一時之間，說不出話來。連倫大聲道：「那是紅寶石，毫無疑問，那是紅寶石！」

我攤了攤手：「連倫先生，紅寶石不會在保險庫中，變成一塊普通石頭！」

連倫驚訝得瞪大了眼：「衛先生，你不知道，如果那根本不是紅寶石，你……你……」

我很鎮定，如果那不是紅寶石，我當然可能犯上欺詐的罪名，但是我早已想妥了解決的辦法，是以我不等他說完，就道：「整件事中，你的公司究竟損失了多少，我全部負責！」

連倫和祖斯基互望了一眼，祖斯基道：「這個問題不大，問題是如果基度小姐——」

我揮了揮手：「我保證基度小姐決不會再來麻煩你們！在我付清了錢之後，你們公司和這枚戒指，不再發生任何關係。」

他們兩人都鬆了一口氣，我已取出支票簿來，道：「我應該付你們多少？」

連倫先生喃喃地說了一個數字，我簽好了支票，將支票交給了他，同時，取過了那枚戒指，放進袋中，站起身來：「事情告一段落了？」

連倫道：「是的！是的！」

祖斯基皺着眉，沒有表示什麼。我向外走去，一面走，一面道：「我去找尋基度小姐，我想你們不會再對她有興趣！」

祖斯基和連倫沒有說什麼。我走出了珠寶公司，長長地吸了一口氣，正在考慮該怎樣採取步驟去找姬娜之際，祖斯基忽然追了出來，來到了我的身邊。

第三部

失蹤小女孩寫的怪文字

我望了他一眼，他道：「我在學校，學的是化學、物理。而我的業餘興趣是天文、寫作。」

我沒有反應，因為我根本不知道他忽然對我這樣説是什麼用意。他繼續道：「所以，既有科學知識，又有豐富的想像力！」

我笑了一下：「現在你在想什麼？我已成功地製造出了一種極像紅寶石的物質，將它冒充紅寶石，到處去招搖撞騙？」

祖斯基的神情，在剎那之間，變得極其尷尬，那自然是由於我説中了他心裏話的緣故。他有點無可奈何地攤了攤手：「請原諒，這是我職業上的懷疑！」

我有點譏嘲地道：「一個有想像力的保安人員的職業懷疑！」

祖斯基道：「事實上，你願意用這樣的方法了結，也很使人懷疑！」

我嘆了一聲，想了一想：「祖斯基，我需要你幫助，如果我告訴你這枚戒指的來歷，那是一個極其奇異的故事，你願不願意相信？」

祖斯基的態度十分誠懇：「那要看你的故事怎麼樣。」

我拍了拍他的肩：「我先要找一個地方休息，而且，要和警方取得聯絡。」

祖斯基道：「我一直和警方有聯絡，你可以住到我家來休息。」

我們互望着，覺得他可以信任，就點了點頭，我們一起走向停車場，上他的車子。

在到了他的住所，喝了一杯酒之後，我就向他講述那枚戒指的來歷，和有關米倫太太的事。

祖斯基十分用心地聽着，有時發出一些問題。等我講完，他雙手揮着，在團團打着轉，轉了十七八個圈之後，才苦笑道：「你見過這位米倫太太？」

我有點憤怒：「當然見過！」

祖斯基嘆了一聲：「她真的那麼美麗？比基度小姐更美麗？」

我呆了一呆，想不到他會這樣問。姬娜如今是什麼樣子，我完全不知道，聽祖斯基那樣説，姬娜一定極其美麗出眾！

我道：「我很久沒見她了，問題是，你相信了我的故事？」

祖斯基點了點頭：「是的，這證明戒指上的東西，可能根本不是紅寶石，只不過性質和紅寶石極相類的一種物質！」

我道：「我也感到有這個可能，所以才願意這樣解決這個問題。」

祖斯基的神情充滿了疑惑：「這究竟是什麼東西？為什麼會變成了石頭？會不會是什麼放射性的物質，經過若干年之後，放射性的元素，起了變化？」

我的思緒十分混亂：「任何可能都有！你曾化驗過這塊石頭？」

祖斯基道：「當然沒有，連倫先生不會容許我這樣做，我們是不是應該——」

我道：「對了，先去化驗這塊石頭，看它現在是什麼。但最重要的是找到姬娜。這些年來，她是戒指的主人，戒指上的紅寶石究竟有什麼變化，自然也只有她最明白！」

祖斯基嘆了一聲：「應該是這樣！」他略頓了一頓，有點抱歉似地望着我：「我以為已經有人成功地製造了可以騙過最好的儀器和專家的假寶石，珠寶業的末日到了！」

我搖着頭：「誰知道！或許那顆紅寶石，根本就是假的！」

祖斯基也苦笑了起來，我取出了那隻盒子，將盒蓋打開。戒指上只是一塊普通的紅石頭。

我道：「我對本地的情形不熟，化驗工作要由你去進行。」

祖斯基猶豫了一下，接過了寶石來：「可以，你要和警方聯絡，我介紹你去見專調查失蹤的一位警官，他的名字叫莫勒！」

我「哦」地一聲：「荷蘭的莫勒警官，世界十大優秀警官之一！」

祖斯基道：「正是他，他知道你的身分，事情進行起來，就會容易得多！」

由於我急切想知道有關姬娜的一切，所以我也急於會晤莫勒。祖斯基和莫勒通了一個電話，莫勒是急性子，他在電話中要求先和我講話，當我拿起電話來時，聽得他道：「你快來，關於基度小姐失蹤，有一些十分有趣的資料！」

祖斯基送我到警局總部的門口，他去找化驗所，我進門，一位警員帶着我，到了五樓莫勒的辦公室。

莫勒在荷蘭警察總署的地位，有點像我所熟悉的傑克上校，凡是疑難雜案，他都處理。他的辦公室大得驚人，也亂得驚人。我才一進門，就被他強有力的手握住，互相打量着對方。

他身材高大，滿面紅光，一望而知精力極其充沛。莫勒警官是一個十分出名的人物，破過許多椿奇案，是國際公認的最出色的警務人員。他一面搖着我的手，一面道：「我們還要作介紹麼？我看不必了！」

我同意道：「是的，不必浪費時間。你說的有趣的資料是——」

莫勒將我帶到了一張巨大的辦公桌之前，將一個文件夾推到了我的面前：「你自己看！」

莫勒辦事十分爽快，當然我也絕不拖泥帶水，是以我立時拽過一張椅子，坐下，打開了文件夾。

在我看文件之際，莫勒自顧自在處理他的工作。文件夾中，是莫勒在姬娜失蹤之後，向墨西哥有關方面，要來的資料。我才看了一頁，心中就充滿了疑惑，抬起頭來，向莫勒望去。那時，莫勒正在打電話，他向我作了一個手勢，示意我再看下去。

我不禁愈看愈奇，墨西哥方面，有關姬娜．基度的資料，說姬娜在出世後不久，就跟隨父母，離開了墨西哥，到了東方某地去僑居，她的父親死後，她的母親帶着她，回到了墨西哥，在回來之後，母女兩人的生活，異常富裕——這一點，我知道，由於我收購了米倫太太的遺物，使姬娜母女得了一大筆錢。我曾在墨西哥市的街頭，見到她們坐在豪華的大房車中招搖過市。

自那以後的事，我不知道。資料說，姬娜回國那年，是十歲。到十二歲，她突然失蹤。那是十年之前的事。

姬娜在十二歲那年失蹤，今年二十二歲。

奇就奇在，姬娜自那一年失蹤之後，她的母親曾盡了一切努力尋找，墨西哥警方也盡了一切努力，可是姬娜卻像是消失在空氣之中一樣，一直未曾再出現過。

當她再出現的時候，就是在荷蘭的極峰珠寶公司中！所以，當莫勒向墨西哥警方去查姬娜的資料之際，墨西哥方面，反倒十分奇怪，因為一個人失蹤了十年，在法律上而言，是已經「死亡」了！

這真是出乎我意料之外的事，我以為這些年來，我一直沒有和姬娜聯絡，再也料不到，姬娜竟然失蹤了整整十年之久！

這十年，她在什麼地方？而十年之後，她又為什麼忽然冒了出來？

這其中，實在有太多疑問！

我再翻閱着，其中有一部分是有關當年姬娜失蹤之後，警方詳細搜尋的經過。姬娜的那一次失蹤，全無來由的，中午離開了住所，從此就音訊全無。最後一個看到她的人，是看到她下了一輛公路車，那輛車是駛向墨西哥南部的。

看到這裏，我心中不禁迷惑之至。一個十二歲的小女孩，為什麼會忽然失蹤？而且一失蹤就是十年之久？而且，這其中也有很多不合理的地方，我又抬起頭來：「如果這些資料是可靠的——」

莫勒立時道：「我們絕無理由懷疑這些資料的可靠性，它由墨西哥警方提供。」

我道：「好，那麼，基度小姐來荷蘭，用什麼證件？」

莫勒道：「墨西哥護照，而且，護照上的照片，是最近的！」

我瞪着眼，莫勒笑着，解釋道：「她是一個極其出色的美女，所以機場的檢查人員，對她的印象，十分深刻，一位檢查她護照的人員說，護照上的照片，和真人一樣美麗！」

我吸了一口氣：「在那樣的情形下，使用的如果是假護照，一定很容易瞞過檢查人員了？」

莫勒道：「可以這樣說，因為墨西哥方面說，並沒有發護照給姬娜．基度的紀錄。護照的真實性，肯定有問題。」

我苦笑了一下：「那麼，她從何而來？」

莫勒揮了一下手：「問得好，航空公司的紀錄，一直追查上去，她自巴黎登上荷蘭航空公司的飛機飛來此地。之前，是在里約熱內盧上機的。」

我揚了揚眉：「巴西！」

莫勒道：「是，在巴西之前，她來自法屬圭亞那，在這之前，就沒有人知道她從哪裏來的了。」

我皺着眉，法屬圭亞那，似乎和姬娜的童年，不發生任何聯繫。我道：「會不會她一直在墨西哥？法屬圭亞那離墨西哥並不遠！」

莫勒道：「沒有人知道，也無法猜測。」

我放下了文件夾：「事情愈來愈怪，姬娜的再出現，彷彿就是為了到這裏來，將一枚戒指賣給極峰珠寶公司！」

莫勒盯着我：「你已經到過珠寶公司了？關於那枚戒指，據説價值極高？」

祖斯基曾對我説過，戒指忽然之間，變得一文不值，珠寶公司方面，嚴守秘密，警方不知道。而且在事情已經解決了之後，也不想外界知道，所以這時，我只是含糊地道：「可以説是！但是戒指本身，絕不是引起她失蹤的原因！」

莫勒來回踱了幾步：「不被他人所知，偷偷離開荷蘭，有一千條路可以走，我只相信她已不在荷蘭了！」

我心中充滿了疑惑，看來，事情遠遠比我想像更複雜和神秘！

莫勒攤着雙手，表示他已無能為力，我除了請他繼續查訪之外，也無法可施，只好告辭。

離開了警局，回到了祖斯基的住所，祖斯基還沒有回來，我坐在沙發上思索，但是對整件事，一點頭緒也沒有。

我等了約莫一小時，祖斯基回來了，神情沮喪，我忙道：「化驗的結果怎樣？」

祖斯基將放戒指的盒子，用力拋在沙發上：「只是一塊普通的石頭！」

我忙道：「普通到什麼程度？」

祖斯基瞪着眼：「是普通的花崗石！」

我苦笑了一下：「紅寶石會變成花崗石？或者說，是什麼東西會變成花崗石？」

祖斯基並沒有理會我，我走向他：「你已經知道了這枚戒指的來歷，這就是說，你已經牽涉在這件事中，不能脫身了！」

祖斯基苦笑道：「我要負什麼責任？」

我道：「暫時我還不能說，至少，你應該繼續調查姬娜的下落！」

祖斯基喃喃地道：「我一直在進行調查，可是莫勒難道沒告訴你，姬娜已經離開荷蘭了？如今，唯一的線索，就是她失蹤前寄出的那疊寫滿了字的紙！

要是能知道她寄給什麼人，那就好了！」

如果姬娜已離開荷蘭，那麼，我再在這裏耽下去，也毫無意義。

我要和白素聯絡一下，因為我來的時候，不知道姬娜根本已經失蹤十年之久。看來，姬娜的失蹤，和她的再出現，到再失蹤，其間充滿了神秘，正等待我去探索。關於這一切，我都有必要和白素商量一下，再作打算。

當電話接通之後，我還沒有說什麼，白素已經急急道：「你早該和我聯絡了！」

我呆了一呆：「什麼事？」

白素道：「昨天，收到一個郵包，從荷蘭寄出來，給你的！」

我一聽得白素這樣講，整個人直跳了起來，對着電話大嚷道：「荷蘭寄出的郵包？那是什麼？天，不見得會是一本書吧！」

白素的聲音充滿奇訝：「咦？你憑什麼靈感知道那是一本書？」

我陡地吸了一口氣：「你拆開來了？」

這時我這樣問，決沒有絲毫的見怪之意。我反倒希望白素已經拆開來看過，證明那的確是一本書。

白素回答道：「沒有，我沒拆，可是一拿上手，誰都可以猜着紙包內的是一本書！」

我又吸了一口氣：「寄件人是姬娜．基度？」

白素道：「我不知道，並沒有寫寄件人的姓名地址，我只是在郵戳上知道它是從荷蘭寄來的，奇怪，你怎麼會猜到是一本書？已經找到姬娜了？」

我道：「沒有，說來話長，你立刻將郵件拆開來，看看那究竟是什麼。」

白素答應着，我等了大約一分鐘，聽到撕開封紙的聲音，我心中十分緊張。這包郵件，是姬娜在失蹤之前寄出的。我早已肯定，這件郵件對姬娜的失蹤，對整件事，是一個極其重大的線索，可是再也料不到，姬娜郵件的收件人竟會是我！

本來，人海茫茫，可以說任何人都絕對沒有辦法再找到這郵件。而今，收件人既然是我，那事情就極其簡單！

我欣慶着事情的順利，同時，也急於想知道那本「書」的內容是什麼，因為據酒店的女侍說，那還不是「書」，只是一疊寫滿了字的紙。

我連催了兩次，白素都沒有回答我，然後，我突然聽到她發出了「咦」的一聲。

那一下聲音，雖然遠隔重洋傳來，但我立時可以肯定白素的神情，一定充滿了驚訝。我忙道：「怎麼了？那是什麼書？」

白素道：「我不知道！」

我大聲道：「書在你手中，你怎麼會不知道！」

白素道：「是的，可是我相信，書如果在你的手裏，你也一樣不知道！」

我投降了，忙道：「別打啞謎了！」

白素道：「那不是一本書，我猜……那應該稱為一疊稿件。」

我道：「是書也好，稿件也好，你不知道它的內容？那怎麼會？」

白素道：「太簡單了，我看不懂寫在上面的字！」

我呆了一呆，本來，這是最簡單的原因，手上有一本書或是一疊稿件，而不知道它的內容，除了看不懂外，還會有什麼特別的原因？不過由於我素知白素對各國文字，都有相當深刻的研究，所以一時之間，想不到這一點而已。

姬娜是墨西哥人，如果她要寫一本書，當然應該用西班牙文，而白素精通西班牙文。

我呆了片刻：「是什麼文字？」

白素道：「我不知道，我從來也未曾見過這種文字，彎彎曲曲，寫得跟天書一樣！」

我不禁有點啼笑皆非：「你見過天書麼？」

白素笑道：「別挑剔，遇到自己看不懂的字，習慣上總是那樣說法的！」

這時，我心中疑惑到了極點。世界上，當然有白素不認識的文字，可是，就算不認識，總也可以說出那是什麼文字來。不識俄文的人，看到俄文字母，總多少也可以認出一點。

可是，白素卻說她完全不知道那是什麼文字！只是「彎彎曲曲地像天書」！

我苦笑了一下，說道：「不見得會是古時代的中國蝌蚪文吧！」

白素道：「我不知道，看來倒有點像！」

我的思緒一時之間十分亂，我迅速地轉着念：「別管它是什麼文字，你帶它，立刻來，和我會合！」

白素道：「有必要？」

我道：「有！」我隨即將姬娜在十二歲那年，不知所蹤，一直到十年之後，才冒了出來，然後又失蹤的事，向白素提了一提，然後說出了我的打算：「我打算循她來到荷蘭的路線，一直追尋上去。事情比想像複雜得多，也神奇得多！」

白素想了一想：「好的，我盡快趕來。」

我放下了電話。

白素說「盡快趕來」，她一定會爭取每一分鐘時間，但是萬里迢迢，我想最快也得兩天。在這兩天中，我實在沒有什麼事情可做，我只是不斷翻來覆去地看着那枚戒指。戒指上的紅寶石肯定未曾移動過。

同時，我也不斷和莫勒警官聯絡，訂好了到巴黎去的機票，白素在第三天來到，見她第一件事，便是伸出手來。白素立時打開手袋，將那本書取了出來。

那的確不是書，只是一疊稿件，用的紙張十分雜，有的是粗糙的報紙，還有的，甚至是拆開的煙包，字就寫在煙包的反面。不過，用雜亂而莫名其妙的紙張寫的，都經過整理，貼在大小相同的紙上。

用來書寫那疊稿件的書寫工具，也多得離奇，有原子筆、鋼筆、鉛筆，有幾個大字，甚至用唇膏。可以肯定，這一疊稿件，決不是一口氣寫成的，前後可能相隔了很久，作者似乎隨時隨地，興之所至就寫。

稿件一到手，我就迅速地翻閱着，每張紙上，都寫滿了字，可是，我卻一個字也認不出！

白素在我身邊：「不必研究，根本無法明白這是什麼文字！」

我深深吸了一口氣：「我知道這是什麼地方的文字，我知道！」

白素點點頭：「是的，我也很熟悉，你在米倫太太的遺物之中，曾經得過一本有圖片的小本子，看來像是我們常用的記事簿，上面也寫着很多這樣的文字！」

我立時道：「不錯，這是米倫太太的文字！」

白素道：「不是姬娜寫的，是米倫太太寫的！」

我搖頭道：「不，米倫太太已經死了！」

白素道：「你說她死了，事實上，她不過失蹤了而已！」

我大聲道：「不！當時，我肯定她已經死了！」

我一面說，一面想起多年前的情形來。米倫太太的來歷如何，我至今不能肯定。只知在一項極其壯觀的宇宙飛行中，她和她的丈夫，來到了地球。而到了地球之後，米倫先生失事死亡，她一個人活了下來，活在一個她完全陌生，絲毫不了解的環境中。最痛苦的是，她一抬頭，就可以見到她熟悉的一個發光恆星（太陽），又可以每晚見到她熟悉的一個行星衛星（月亮）。她不知道自己是不是可以找到失去的一切。

她與世隔絕地，淒涼寂寞地生活了十年，終於因為忍不住痛苦，而想自殺。可是好心的基度先生（姬娜的父親），卻只是將她放在一艘小船中，任由她漂流出海。在海上，她被一艘某國的潛艇所發現，把她當作了間諜，我是在潛艇中和她見面的。

後來，我和她一起逃出了那艘潛艇，漂到了一個小荒島上，她就在那個小荒島上死去，或許是因為心力交瘁，我不能確切地知道她的死因，但她毫無疑問是死了。她一頭金髮，散在海藻之間的情形，給我的印象異常深刻。

在荒島上，我因為極度疲倦而睡去，等到醒來，米倫太太的屍體不見了！當時正在漲潮，她的屍體，毫無疑問，給潮水捲走，永遠消失在大海之中！

我默然地回想着往事，直到我又向白素望去，她才道：「是不是米倫太太沒有死？」

我搖着頭：「或許，這是米倫太太以前留下來的，姬娜一直保存着。」

白素道：「決不是！」

我有點驚訝她何以這麼肯定，白素立時道：「有一段文字，寫在一張香水包裝紙上，這種香水，面世不過三年。」

白素十分細心，觀察到了這一點，對問題確然很有幫助，至少可以肯定，那些文字，決不會是米倫太太寫的，因為米倫太太出事十二年了。

白素道：「有兩個可能，一個，是米倫太太沒有死，還活着，而另一個，這些字，是姬娜寫的。」

我立時道：「我不認為姬娜會寫這種文字，你還記得當初，我們花了多少時間，找了多少人，想弄懂那些文字的意義而沒有結果？」

當時，在整件事告一段落之後，我曾努力想弄明白兩件事。一是米倫太太的來歷，我和很多人談起過，都沒有結果。另一件，是想弄清楚寫在記事本中的文字，記載着一些什麼。

為了達到這一目的，我和白素不知拜訪了多少文字學家。最後，一位文字學家叫我將記事本留在他那裏，給他慢慢研究。當時，他告訴我，這種文字，可能在人類對文字的知識以外。他還曾舉過例，說：例如一個字，在人類對文字的知識而言，是代表着一樣東西，一個動作，一種感覺，或是其他可以得知的物事。但這種文字，一個小圓圈可能代表着許多想要表達的語言！

我當時答應了那位文字學權威，將那本記事本留在他那裏。可是不到一個月，這位專家的住所，突然發生了火災，不但專家被燒死，連他住所內所有的物件，也全然付諸一炬。

從那件事之後，我向人講起有這樣一本記事本，也沒有人相信。有過當年的經驗，使我和白素兩人都知道，想找世上任何人來解釋這些文字的內容，根本沒有可能。只有找到姬娜，才能得到答案。

白素又補充道：「除了這些看不懂的文字之外，沒有任何其他的文字！」

我嘆了一聲：「姬娜也真怪，她為什麼不說明一下這些文字的來龍去脈？」

白素攤了攤手，我想了一會，就在機場，和祖斯基、莫勒各通了電話，告訴他們我不再向他們告辭，就此別過了。

我在機場上，等候着最快的一班班機，那是一小時之後的事，我和白素在候機室消磨了這一小時，不斷討論着姬娜將這疊文稿寄給我，究竟是什麼意思？照常理來推測，自然是想我閱讀，但是難道她不知道根本沒有人看得懂這種文字？

用這種文字寫成的稿件，像天書一樣，誰看得懂？

第四部

點滴彙集資料研究異行

第二天，我們到了巴黎。巴黎對白素來説，再熟悉也沒有了，來接機的是一個頭髮花白的老人。

一見到我們，就呵呵笑着，將我們兩人摟在一起，對着白素道：「衛斯理在找一個墨西哥美女的下落，你可得小心點！」

白素道：「尚塞叔叔，別開玩笑，你可查到什麼？」

尚塞叔叔是一個退休了的警務人員，神通極其廣大，對他來説，托他查一個曾在巴黎經過，或者住過的人，輕易之至。

尚塞叔叔一揮手，手指相叩，發出「得」的一聲響：「當然有，這位美女，見過她的人都不容易忘懷。」

他一面説着，一面自衣袋之中，取出了一本記事簿來，翻着，我們一面説，一面來到了酒吧，我替他叫了一杯酒，尚塞叔叔一面喝着酒，一面看着記事簿：「基度小姐是乘搭頭等機位，自里約熱內盧來，她的行李相當簡單。事實上，檢查她行李的關員，我懷疑他究竟是不是注意了她的行李，他只是告訴我基度小姐是如何動人！」

我點了點頭，耐心聽着。

尚塞叔叔又道：「這位美女的經濟似乎十分充裕，她住一流大酒店，有一件事相當怪，她付現金，而不是用信用卡付賬！」

白素問道：「付什麼國家的現金？」

尚塞叔叔有一種自鳴得意的神情，道：「法郎。她不是攜帶現金進入巴黎，而是從里約熱內盧的一家銀行匯來的。總數是兩百萬法郎。里約的那家銀行，是市立第一銀行。你們可以多一個線索。」

他又喝了一口酒：「在酒店中，她逗留了一天，曾經外出過三次。」

我道：「你查得真清楚。」

尚塞叔叔得意地笑了起來：「我連她三次外出，是去什麼地方，都查清楚了。那是由於酒店司機對她印象深刻之故。」

我忙問道：「她到了什麼地方？」

尚塞叔叔道：「到了兩家著名的珠寶公司，去求售一枚極品紅寶石戒指，據那兩家珠寶公司說，這顆紅寶石，簡直是稀世奇珍，由於太名貴了，那兩家珠寶公司甚至不敢出價錢，而全都建議她到荷蘭去，找一家更大的珠寶公司。」

我點頭道：「是的，她的確去了荷蘭，你才說了兩處，還有一處地方是——」

尚塞叔叔皺眉：「還有一處地方，十分古怪。」

我和白素互望了一眼，倒並不覺得特別，因為姬娜的一切行動，本來就十分古怪。尚塞略頓了一頓，又解釋道：「我本來不相信她會到這種地方去，可是司機卻指天罰誓，而且事後也找到了她見過的那個人。」尚塞有一個缺點。就是講述起事情來，不怎麼肯直截了當。而且，我和白素都知道，愈是催他，他愈是圈子兜得遠，所以我們都不出聲。他又停了一停，然後用一種十分緊張的語氣道：「她到了一家殯儀館！」

我陡地一呆，姬娜的行徑，雖然古怪，但是我卻再也料不到她會到殯儀館去！姬娜在巴黎是一個陌生人，絕少一個陌生人在一個陌生城市，會去造訪殯儀館！白素顯然和我有同感，我們都出現了十分驚訝的神情來。

尚塞叔叔又道：「你們猜她到殯儀館去幹什麼？她要求會見一個殮葬專

家，那個殯儀館中，恰好有一位這樣的專家在——」

他講到這裏，伸手打了一下自己的額角：「我一直到現在，才知道真有這樣一種職業！」

白素瞪着他：「你再不爽爽快快講，我們就直接去問那個專家！」

尚塞眨着眼：「好！好！她去問那位專門處理屍體的專家，有什麼簡易的方法，可以保持屍體不壞。」

我和白素互望了一眼，心中都充滿了疑惑。

當一個人，向一個專家請問這樣的一個問題之際，那至少表示，有一具屍體，需要作不變壞的處理。不然，決不會無緣無故去問這種問題。令我們疑惑的是：姬娜要處理什麼人的屍體？真是米倫太太當日並沒有死在大海之中，直到最近才死？

尚塞被白素催了一次之後，敘述起來快了許多：「那位專家告訴她，處理屍體，普通人做不來，需要有特殊的設備。而她堅持要知道方法，自己來做。結果，美麗的女人容易獲勝，那位專家將辦法詳細地告訴了她，而她記了下來。」

尚塞講到這裏，又向我們眨着眼睛。我們都知道，一定又有什麼關鍵性的事情發生了，他想向我們賣關子。我和白素都不睬他。只當沒看見。

尚塞有點無可奈何：「那專家說，他一面講，基度小姐一面記。他講得相當詳細，十分複雜，其中還有許多化學藥品的專門名詞，可是基度小姐卻像是對他所講的一切都十分熟悉，記得極快，據專家說，基度小姐一定是一個速記的能手，因為她不是用文字記錄下來，而是用速記符號記下來的！」

速記符號！我和白素互望了一眼。我們心中都明白，姬娜當時，記下那殯儀專家的話，所用的並不是什麼速記符號，而是一種文字。只不過這種文字，看起來，的確有點像商業速記的符號。

那位殯儀專家，看到姬娜將他所說的話，用這種文字記下來，這件事有極大的作用，那使我知道，姬娜會寫這種文字，她用米倫太太的文字，寫下了那麼一大疊稿件！

這更不可思議：姬娜如何學會這種文字的？在她失蹤的十年之中？在那十

年之中，她究竟遇到了一些什麼事？

由於我的心中充滿了疑問，而這些疑問，又不是尚塞能夠回答，所以我並沒有向他發出什麼問題。尚塞反倒自言自語：「用速記來記下那位專家的話，這的確很不尋常！」

我隨口應了一句：「是的，真的很不尋常。」

尚塞又道：「那位殯儀專家又說，他告訴基度小姐的方法，如果處理得宜，是可以令屍體永遠保存下來的。可是，他實在想不透基度小姐為什麼不將屍體交給殯儀館！」

我也作了一個「想不明白」的表情：「我甚至不知道她要處理一具屍體。」

尚塞合上了記事簿，喝乾了杯中的酒：「她在巴黎的活動，就是這樣！你們準備如何遊玩？」

白素望向我，我道：「根本不遊玩，我們準備用最快的時間，到里約熱內盧去！」

尚塞現出可惜的神情：「我現在也老了，甚至老到了沒有好奇心的地步。一個美麗的小姐，夠膽量自己來處理一具屍體，她決不是膽識過人，而一定是心理上有着某種的變態，你們要小心一些才好！」

尚塞叔叔的忠告，不能說沒有道理，我和白素互望了一眼，心中只好苦笑。事實上，我們對於姬娜一點也不了解，我們認識的，只是一個十歲的小女孩。

一直等到我們再度上了飛機，我才和白素討論姬娜的問題。我道：「那疊稿件是姬娜寫的。她會寫那種文字。」

她反問道：「是姬娜寫的。請問，是誰教她的？」

我答不上來。的確，是誰教她的？那艘宇宙飛船之中，有米倫先生的屍體，但是隨着火山爆發，米倫先生的屍體被埋在幾百公尺的巖漿之下，可以教姬娜這種文字的，只有米倫太太一個人！

白素道：「還有一個可能，就是在米倫太太來的地方，又來了人。」

我震動了一下，這可能是存在的，既然米倫太太可以來，為什麼不能再有別人來？我望着白素，白素作了一個手勢：「這只不過是我的猜想。我推測，又有人來了。這個人，找到了姬娜，那就是姬娜失蹤十年的原因。」

我道：「你是說，她在這十年來，一直和那個人在一起？」

白素道：「大概是這樣！」

我吸了一口氣：「他們在什麼地方居住？」

白素道：「慢慢查，一定可以查出來。」

我的心中十分緊張，「又來了人！」這人（一個或多個），和米倫太太是同一個地方來的。如果我能夠會見這個人，那不單是可以解決米倫太太來歷之謎，而且還可以解決很多問題！

我一定現出了相當興奮的神情，白素瞪了我一眼：「別太興奮，別忘記，姬娜有一具屍體要處理！那一定是和她一起長期生活過的人！」

我不由自主「啊」地一聲：「這人——已經死了？」

白素道：「一切不過是推測！」

我沒有再說什麼，要了那疊稿件，一頁一頁地翻着。紙上寫滿了字，但是卻完全無法知道那些字要表現的是什麼。我用盡了自己的想像力，但是對於一種完全不懂的文字，想像力一點用處也沒有。

我揚着那疊稿件，稿件相當厚，我揚得太用力了些，其中有幾頁，落了下來，恰好一位空中小姐經過，代我俯身拾了起來。

那位空中小姐將稿件交給我，現出了一種十分訝異的神情，又向我望了一眼，想説什麼，而沒有説。

我的感覺不如白素敏鋭。我看到空中小姐這樣的神情，只不過想到她可能是覺得紙上的文字，十分少見。但是白素卻立時問道：「小姐，你以前見過這些文稿？」

那位空中小姐立時道：「是的！兩位和那美麗的小姐是朋友？」

這時候，我知道那「美麗的小姐」一定是姬娜。姬娜一定乘搭過這班飛機，所以空中小姐對她有印象。但是，空中小姐是如何見過這疊稿件的？

不等我開口，白素已經道：「小姐，這件事十分重要，請你回想一下，在什麼樣的情形之下，見過這些稿件的？」

空中小姐道：「和剛才發生的情形一樣。」

我道：「你的意思是，那位小姐在整理這些稿件，有幾頁落了下來？」

空中小姐道：「是的，我替她拾了起來，交還給她，我看到她好像有點失魂落魄的樣子，臉色很難看。」

那位空中小姐相當健談，而我和白素一聽到她提起了在機上見過姬娜的情形，自然也全神貫注，聽她說着。我們的態度，也鼓勵了她繼續說下去的興趣。

她略為停頓了一下之後，又道：「我當時將紙張交還給她，她把其餘的疊在一起，我笑問她：『速記稿？』」

我道：「她怎麼回答？」

空中小姐現出一種十分奇怪的神情來：「她回答說：『這不是速記。』我一時好奇，又問道：『那麼，是什麼？』這位小姐抬起頭來，望着我：『我看像是一種文字，你說是不是？』她反而問我，真叫我有點莫名其妙！」

白素道：「小姐，你為什麼會莫名其妙？」

空中小姐攤了攤手：「我經過她的座位兩次，都看到她在紙上寫着，用的就是這種符號！她自己用這種符號在紙上寫，反倒問我，這種符號是不是文字，這還不值得莫名其妙？」

我和白素互望了一眼，剎那之間，心中的疑惑，更增加到了極點！

姬娜使用這種文字，當殯儀專家告訴她如何保存屍體之際，她就是用這種文字紀錄下來的。

所以，空中小姐看到姬娜用這種文字在紙上寫着，可是，姬娜若是自己也不知道自己寫的是什麼，這真是怪不可言！

或許是由於我和白素的神情都充滿了疑惑，空中小姐忙解釋道：「真的，她當時是這樣問！」

白素道：「你如何回答呢？」

空中小姐道：「我以為她在和我開玩笑，而且，對於乘客的事，我們也不便過問，所以我只是笑了笑，沒有說什麼。」

我忙又問道：「在旅程中，你可曾注意到這位小姐有什麼不尋常的地方？」

空中小姐道：「沒有什麼不尋常，只不過她……她經常在沉思。我猜她是一位作家？」

我和白素都苦笑了起來，沒有回答，空中小姐看我們不再搭腔，便笑着走了開去。

空中小姐一走開，我就對白素道：「姬娜不認識這種文字？這不可能吧！」

白素皺着眉，不出聲。我又道：「如果她也不認識這種文字，那麼，就算找到了她也沒有用，她一樣不能告訴我們寫些什麼！」

白素望着窗外，飛機正在一個雲層中穿過，她道：「如果找到了她，至少可知道她為什麼要寫下這些來！」

我聽得白素這樣講，不禁有點啼笑皆非。因為白素的話，全然不合常理。一個人寫下了什麼，他就一定了解他所寫下來的內容，內容才是主要的。為什麼寫，是次要的。而白素的說法，反倒注重為什麼要寫，而不去追究內容，有悖常理得很！

白素並不理會我不滿的神情，又道：「對於姬娜的事，我們知道得愈來愈多了！」

我「嘿」地一聲：「愈來愈多？」

白素道：「當然還很少，但是一點一滴，總是漸漸地在積聚。」

我苦笑了一下：「看起來，姬娜比米倫太太更神秘！」

白素沒有回答，我再道：「我覺得，我們循她的來路去找她，不一定可以找得到，因為我們沒有任何資料可以證明她已經離開荷蘭而回去！」

白素仍然不出聲，我在等她的意見，可是她一聲不出。等了一會，我又道：「她可能還在荷蘭！我們可能走錯了路！」

白素直到這時，才嘆了一聲：「我覺得你對姬娜的看法，還以為她是一個普通人！」

我一聽得她那樣講，幾乎直跳了起來，「唔」地一聲：「姬娜是地球人！這絕對可以肯定！」

白素道：「她失蹤的十年中，一定有着極不尋常的遭遇。而且，我相信她一定知道戒指上的紅寶石會變，所以她才留下了戒指，走了！」

我無法反駁白素的話，只好嘆了一聲。

在接下來的旅程中，我們仍然不斷憑所得的極少量的資料，討論着姬娜的來龍去脈，仍然不得要領。到了里約熱內盧，才一住進酒店，我就和姬娜曾經存款的銀行，通了一個電話，表示要和他們負責人討論一件事。銀行的一位副經理答應接見我，我和白素一起到了銀行。

我想要知道的事，銀行不應該向人透露，因為那有關顧客的秘密，本來我也沒有抱什麼希望，只盼能得到多少資料。所以，當副經理問我「能為你們做些什麼」之後，我說出了來意：「不久之前，有一位小姐，通過貴行，匯了一筆錢到巴黎去，她的名字叫——」

我還沒有講出姬娜的名字來，那一位看來十分穩重，外形是典型的銀行家的副經理先生，陡然後退了兩步，神情極其吃驚。

這時，我們是在他辦公室之中，辦公室的佈置相當豪華，鋪着厚厚的地氈，副經理在後退之際，腳後跟踢在地氈的邊上，幾乎沒有仰天跌倒！

雖然說南美人，總不免衝動和動作誇張，但是也決沒有理由一聽得我這樣說，便現出如此吃驚的神態來。

我和白素都莫名其妙，副經理在退出幾步之後，伸手扶住了一張椅子的椅背：「她……她是騙子？你們是來調查她的？」

由於我在電話中，要求會見銀行負責人之際，為了怕銀行的負責人不肯見我，所以曾打出國際刑警總部的招牌來，我想這是副經理會這樣問我的原因。

等到我聽得他這樣問之際，我不禁極其吃驚，失聲道：「這位小姐，她……她做了些什麼？」

副經理已定過神來：「請坐！請坐！」

他自己坐了下來，我和白素互望了一眼，也坐了下來，副經理道：「這位小姐，叫姬娜．基度。」

我道：「是的！」

副經理攤開了手：「銀行方面，其實也沒有做錯什麼，完全是照手續辦事的！」

我和白素實在莫名其妙，我道：「我不明白其中有什麼可以出錯的地方，匯款到巴黎，那沒什麼特別！」

副經理説道：「是的，一點也不特別，可是她動用的那筆存款……」他忽然改變了話題：「我們的銀行，歷史悠久，已經有一百二十多年！」

我皺了皺眉：「那和基度小姐有什麼關係？」

副經理道：「有！最初的六十年，我們仿照瑞士銀行，有一種密碼存款，這種戶口十分特別，只要有人能説出其中任何戶口的一個密碼，銀行方面，就當他是戶口的主人！」

白素在這時，打斷了副經理的話：「所謂密碼，只不過是數字的組合，銀行方面這樣做，很容易叫人冒領存款！」

副經理道：「絕對不會，我們採取的密碼，由顧客自定，一組文字，一組數字，除了是存戶自己，決不可能知道密碼。」

我道：「那又怎麼？」

副經理道：「這種戶口，早在六十年前取消了！」他説着，又站了起來，走向一個文件櫃，在一個抽屜中，取出了一個文件夾來。

當他轉過身來時，他又道：「任何銀行，都會有一些存款戶口，很多年而完全未曾有人來提款的，雖然銀行方面，明知道再有人來提款的可能微乎其微，但還是一定要保留着這些戶口。」

我和白素點點頭，這理所當然。這時，我心中已經愈來愈奇怪，因為副經理提到的，是一種早在六十年前就已經停辦了的存款方式，而姬娜不過二十二歲！她怎能動用一筆至少有六十年以上歷史的存款。這真是一件怪事！

我問道：「那麼，基度小姐動用的那筆存款，是什麼時候存進銀行的？」

副經理苦笑了一下：「一百零三年之前。」

我陡地吸了一口氣，副經理打開了文件夾，取出了一張套在透明膠夾中的文件：「這就是這個戶口的存款人，當年和銀行簽的合同。這個合同也很怪，我不明白當時銀行方面，怎麼會接受這種奇特方式存款。」

我接過了那張合同，紙張早已發黃，是一種極精緻的厚紙，上面的字迹，用鵝毛筆寫的。

這的確是一種方式十分異特的存款。存款人的姓名是雅倫。

單是這個名字，已經很怪！當然，雅倫是一個普通名字，但是在涉及一筆大財富。而且又是在銀行的正式合同上。這位存款人，他的名字就是雅倫，而並沒有應該有的姓氏。

這位雅倫先生，存入的並不是現款，而是一百公斤黃金，這一百公斤黃金的質量，經過鑒定，是極其精純的純金。而且銀行方面也同意，存戶可以在任何時候，領取這批黃金，不訂利息，存戶在提取時，可以提取金子或照金價折算，存戶在提取時，必須講出議定的密碼。

我和白素一起看完了那張合同，白素道：「那的確是一筆十分奇怪的存款，基度小姐在一百零三年之後來到貴行，你們居然還能找出檔案來？」

副經理道：「檔案一直在，她先說出了存戶的性質和存戶的姓名，然後，我和總會計主任，自檔案室中取出了檔案，在檔案中，有密封的一個信封，封口上有當時負責人和存戶雙方的簽名，密碼就封在這個信封之中。」

副經理道：「基度小姐寫下了密碼，我們三個人一起驗過，證明信封在一百零三年之前封好了之後，絕沒有拆開過，然後，我們再一起拆開信封，密碼完全正確，在這樣的情形下，銀行沒有理由不支付存款！」

我道：「基度小姐提走了一百公斤黃金？」

副經理道：「沒有，她只提走了相當於二十公斤的錢，其餘的，還存在銀行中。」

我和白素又互望了一眼：「那麼，密碼——」

副經理道：「是的，密碼，我們曾問她，是不是要更改密碼，她說不必要，所以密碼又封了起來，不過封口上，變成了我、總會計師和基度小姐三個人的簽名。」

我衝口而出：「密碼是什麼？」

我這樣問，其實並不是愚蠢，而是副經理剛才說過，密碼由文字和數字組成，那位雅倫先生的來歷，我相信完全不可查考了，那麼，從他當時選擇的密碼中，或者可以知道一下他的來龍去脈，所以我才會這樣問的！當我話一出口，我就知道自己實在太蠢了！

果然，副經理被我的問題嚇了一大跳：「先生，這……密碼……是極其機密的，我們曾發過誓，在任何的情形下，都不能講出來！」

我忙道：「對不起，我未曾想到這一點！」

副經理又道：「這位基度小姐，是不是有了什麼事，所以兩位才來調查？」

我搖頭道：「沒有什麼，只不過有關方面，想知道她財產的來源。」

我向副經理撒了一個謊，實在是因為整件事，根本無從向他解釋。

副經理為人十分仔細，他又道：「銀行方面沒有問題，完全照手續辦事。我們不問她如何知道這一百多年前開的戶口的密碼。只要她能講得出這個密碼，我們都照章程辦事，可以任由提錢。」

我笑了笑：「當然，你放心，銀行方面，一點責任也沒有。」

聽得我這樣講，副經理才鬆了一口氣：「這種情形很少見的，不過既然發生了，我們自然也只好接受事實。」

我附和着他的話，自己在轉着念。我們萬里跋涉，來到了巴西，算不算有收穫呢？正如白素所説，一點一滴累積起來。或許有助於我們了解全面的事實。

訪問銀行，知道了一件相當怪異的事：姬娜竟然會知道一個一百多年前在銀行開設的怪異戶口的密碼！

我站起來，準備告辭，白素卻道：「請問，基度小姐有沒有留下聯絡地址？」

副經理道：「沒有！她只是吩咐我們將錢匯到巴黎的一家銀行去。」

白素道：「你完全不知道她從哪裏來？」

副經理攤着手，説道：「我們不理會她是從哪裏來的，只要她……」

我道：「我知道了，只要她説得出密碼來！十分感謝你的合作！」

副經理現出禮貌的笑容，我和白素告辭，離開了銀行。出了銀行的大門，看路上來往的車輛和人，心中有一股極度迷惘的感覺。

我們一起沿着馬路向前走着，過了好一會，我才嘆了一聲：「現在怎麼辦？我們到法屬圭亞那去！」

白素抬頭望着天空：「我想在這裏再查一下她的行蹤。」

我苦笑道：「怎麼查？」

白素瞪了我一眼，道：「尚塞叔叔能夠將她在巴黎的行蹤找得一清二楚，我們為什麼不可能？她到這裏，一定要住酒店，一定是第一流的大酒店，我們分頭行事，每一家去問，只要知道她住在哪裏，對她在這裏曾做過一些什麼，就可以有頭緒了！如果你嫌麻煩——」

我立時道：「一點也不，我很有興趣！」

我們一起回到了酒店，找來一份高尚酒店的名單，和一份全市的地圖，我拿起一枝筆，在地圖中間，劃了一條直線，將之分成東、西兩半，然後，決定由白素去查問座落在東半部的酒店，我查另一半。數字倒是不多，白素要查的是十九家，而我要查的是二十二家。

決定了之後，我們略為休息了一下，在餐聽中進食，然後分頭出發。

在這時，我和白素兩人，竟會犯了一個極其可笑的錯誤，這個錯誤實在不應該發生的，可是卻偏偏發生了，事後想來，我們只好苦笑。在接下來的三天之中，我和白素每天一早就四出奔波，一家一家酒店接着去查問。

有名字，有她在里約熱內盧的日子。只要查看酒店的旅客登記簿，就可以輕而易舉，知道她曾在哪一家酒店住過。至於酒店方面是不是肯將登記簿拿出來，那更簡單不過：還未曾遇到任何一個酒店職員會拒絕小費的。

三天之後，我們已經查遍了所有的酒店，可是根本沒有一個旅客叫姬娜．基度！

三天之後的晚上，我和白素在酒店的餐廳中喝着酒，相視苦笑。我道：「或許我們應該將範圍擴大到二流酒店？」

白素：「我想過了，那有一百多家，至少要花七八天時間。」

我道：「那有什麼辦法？真要是二流酒店也找不到，只好找三流酒店。」

白素道：「我在想，她是不是不住酒店，而另外有落腳處？警方說那位神秘的雅倫先生，會不會有住宅留下來？」

白素所說的，當然不是沒有可能，要是這樣的話，那就更沒有法子查了！

白花了三天工夫而一無所獲，心中十分氣悶，挺了挺身子，準備招手叫侍者過來添酒，當我轉身向兩個侍者所站的方向看去之際，看到那兩個侍者，正在爭執，聲音愈來愈大。

一個侍者神情憤怒，捏着拳，揮動着：「你太卑鄙了，怎麼可以這樣做！」

另一個侍者道：「為什麼不可以！我根本不是存心的，只不過她恰好在一對夫婦的後面，照片上有她，我把她那一部分放大，留作一個紀念，有什麼不可以！」

那一個道：「你不能將她的照片，老放在身上！」

另一個道：「笑話，關你什麼事？」

那一個道：「她——她——在到餐廳的時候，一直是我服侍她的，你把照片拿出來！」他一面說，一面極快地伸手進對方的袋中，取出了一張照片來，而另一個也立時伸手去搶，那一個高舉着手，另一個怒不可遏，一拳就打了過去。

中拳的一個，連退了三步，站立不穩，向我跌過來，我站了起來，扶住了他，抓住了他的手臂。也就在這時，我看到了他手中的那張照片。

照片上是一個放大了的少女的頭部，相當朦朧，長髮，可是仍然一眼可以看出，那是一個極其出色的美女。而且，我立即在這個女郎的臉上，找到了姬娜的影子！那就是姬娜的照片！

在這一剎那間，我明白我和白素所犯的錯誤多麼可笑！我們分頭尋找，找遍了全市的第一流大酒店，可是就是忘了自己所住的這一間！而事情居然就那麼巧，姬娜在里約熱內盧的時候，就是住在我們如今所住的那一間酒店！

那侍者中了一拳之後，被我扶住，一面掙扎，一面想要衝過去打架，我緊緊地拉住了他：「經理來了！」

這句話果然有效，他靜了下來，我向白素使了一個眼色，指了指他手中的照片，又對那侍者道：「你可以賺一筆外快，數目的多少，要看你是否合作！」

侍者現出奇訝的神色來，而我已不由分說，半推半拖，將他推出了餐廳去。另一個侍者以充滿驚訝的神情，望着我們。

來到了餐廳外的走廊上，我才道：「你手中拿的，是基度小姐的照片。」

侍者的神情訝異莫名：「是！你——認識她？」

我「哼」地一聲：「我認識她？我就是為她而來巴西的！」

侍者眨着眼，一時之間弄不明白我意欲何為，我一伸手，自他的手中，將照片取了過來，仔細地看着。照片上的姬娜很朦朧，但是毫無疑問，是一個極其出眾的美女，難怪見過她的人，印象全那麼深刻，連珠寶公司的保安主任祖斯基，提到她的時候，都可以使人明顯地感到他是在暗戀着她，而酒店的兩個侍者，甚至可以為了一張相片而打架。

侍者看到我盯着相片看，幾次伸手，想取回相片，可是又有點不敢，我將相片還了給他：「問你幾個問題，每一個問題，我覺得滿意了，你可以獲得十元美金！」

侍者有點喜出望外，連連地點頭。

我的第一個問題是：「基度小姐住在這裏的時候，住在哪一號房間？」

在這裏，把事情簡化：我和侍者的對話，以及我們向酒店侍女和其他有關人等查問姬娜在這間酒店中的行動的結果，放在一起敘述，而不將過程再複述一遍。

姬娜在這間酒店，一共住了三天。

在這三天之中，她曾外出過幾次，酒店專用車的司機，說她曾到過幾次銀行，到過航空公司的辦事處，也到過一處她不應該去的地方：一家殯儀館——不過情形和在巴黎的時候不同，她在那家殯儀館中，顯然未曾得到什麼幫助，司機說她進去了之後不到五分鐘就走了出來。在這一點上，我們知道她急於想要保存處理的那具屍體，那個人是在她到巴西之前，已經死了。這具神秘的、需要用專家方法保存的屍體，在整件神秘的事件中，可能佔有重要的地位。

姬娜離開酒店，到飛機場去，也是那位司機送去的，時間也正吻合。

姬娜住在酒店的時候，常在酒店的餐廳中出現。據侍者說，她一出現，上至餐廳主管，下至掃地小廝，以及顧客，每一個人都為她的美麗所吸引，不知道有多少男人和她兜搭，但是她對每一個人，都是不理不睬，甚至連看也不看上一眼。看她的神情，好像是滿懷心事。那侍者在餐廳中一共見過她五次，每一次，她除了點菜之外，沒有說過其他的話，但即使是這樣，也足以令侍者神魂顛倒。

姬娜所住的那一層酒店房間的女侍，別說她在幾次進了房間，收拾房間之際，都看到姬娜在寫信——當然，我們知道姬娜並不是在寫信，她是在寫着那一疊文稿的一部分。可恨的就是我們根本無法明白她寫的是什麼。可以肯定的是，她所寫下的東西，一定極其重要！而且，她也想我知道，不然，在她再度失蹤之前，不會寄了給我。

女侍說的有關姬娜的事中，有一件，十分值得注意。女侍來自巴西北部的一個鄉村，那個鄉村，十分接近法屬圭亞那邊境，和法屬圭亞那的邊境小鎮奥斯卡，只不過一河之隔，隔着的是奥埃保格河，這條河的河水十分平靜，普通的木船，就可以用來渡河，那女侍在家鄉的時候，也經常渡河過對岸去。

那女侍說，有一次，她在收拾房間的時候，聽得姬娜在自言自語，用的是圭亞那地方一種土人的語言，女侍不是十分聽得懂，只能聽懂一點點，姬娜在不斷地自己問自己：怎麼會？怎麼會這樣？

女侍當時就問：小姐，原來你是從圭亞那來的！姬娜呆了一呆，點了點頭。女侍有點他鄉遇故知之感，接着和姬娜談論她所到過的法屬圭亞那和巴西邊界的幾處地方。可是姬娜聽了，卻全然無動於中，只是在侍女說了大半小時之後，才冷冷地道：「你說的那些地方，我沒有去過，我是從帕修斯附近來的。」

從女侍的口中，得到了一個地名：「帕修斯」，這真是重要之極的一個發現。

我們本來就準備到法屬圭亞那去，可是我們根本不知道姬娜來自法屬圭亞那的哪一部分，而如今，我們有了一個地名！

在這裏，我必須簡單地介紹一下圭亞那這個地區，圭亞那在南美洲北部，是世界上並不為人注意的地區。整個圭亞那，分為三個部分，自西至東，是圭亞那，荷屬圭亞那，法屬圭亞那。那是一個未開發的地區，我對它的地理，也不是十分熟悉。

所以，我一聽到女侍那麼説，我立時問：「帕修斯，在圭亞那的哪一部分？」

女侍搖着頭：「我也不知道，先生，我也不知道！」女侍不知道，那並不要緊。姬娜是從這個地方附近來的，只要到了法屬圭亞那，又有地名，一定可以查出這個地方。

我和白素十分興奮，一點一滴，我們又得到了不少有關姬娜的資料！

第五部
四十年前探險隊的奇遇

我們和女侍的談話告一段落之後，白素去準備飛往法屬圭亞那的手續，我找到了一本極詳盡的地圖，翻到了法屬圭亞那部分，很快就找到了帕修斯這個地方。

女侍說，姬娜曾說過，她是從帕修斯附近來的。而帕修斯，是圭亞那中部一個不大不小的城市。法屬圭亞那是一個未開發的地區，腹地全是沼澤和原始森林，根據地圖上所提供的資料，帕修斯約有居民六千人，附近有不少土人部落，而連綿的森林，使得這個地區，成為世界上最神秘的地方之一，極少有人前往。

我一面看，一面心中在想：姬娜到那地方去幹什麼？

即使是最有經驗的探險家，攜帶最完善的設備，也不能保證自己的生命，在這種原始、蠻荒的地方，可以維持多久！

在我所找到的資料之中，只有一個探險家，曾順着阿邦納米河，到過這條河流的下游，那是法屬圭亞那最中心部分，可是他在探險完畢之後的歸途上，患上熱病而死，他探險的紀錄，並沒有出版，只有手稿，存在巴黎一家地理學會的資料室中。

在提到這位探險家的記載時，書上有如下一段文字：這位探險家倫蓬尼，是一個極其出色的旅行家，到過許多法國在非洲、太平洋的屬地。法屬圭亞那的旅程，對他來說是一項挑戰。但是他顯然未能通過這項挑戰，因為在他死後，探險紀錄經過很多審閱，審閱者包括許多權威人士在內，都一致認為，倫蓬尼在出發之前，可能已經染上了熱帶黃熱病，因之神智糊塗，他所作的紀錄，全然是不可靠的胡言亂語。因為這個緣故，儘管倫蓬尼在臨死之前，曾要求一定要將這次探險的紀錄整理出版，但是他的朋友決定不予出版。

決定不出版倫蓬尼最後一次探險經過的理由是為了保持他的名譽，因為出版了，不會有人相信倫蓬尼所記載的是事實，而當作是熱病發作之際的胡言亂語。

看了這段記載之後，我不禁心癢難熬，真想看一看這位探險家倫蓬尼的手稿，記載着什麼事。

世上有很多事情，超乎這一時期人類的知識範圍以外。凡有這樣的事發生，就容易被人冠上「胡言亂語」的帽子。這是人類掩飾自己無知的最好方法，簡單而方便！

當時並未曾想到倫蓬尼的探險，會和以後發生在我身上的事有聯繫。我記下了書上所載，存有手稿的那個地理學會的會址，準備以後有機會時，去看看那份不獲出版的手稿。只是好奇，我在圖書館逗留了相當久，才回到酒店。白素已經等得很不耐煩，她一見到我，忙道：「快走！四十分鐘之內，我們如果不趕到機場，就得等上三天，才會再有飛機！」

我笑道：「別緊張，你知道帕修斯在什麼地方？在法屬圭亞那的中心！而法屬圭亞那唯一的飛機場在大西洋沿岸，我想至少還有好幾百公里的途程，我們要使用原始的交通工具！」

白素鎮定地道：「如果姬娜能夠從她所住的地方，到大西洋沿岸去，我們也就可以到達她所住的地方！」

我沒有說什麼，白素早已收拾好了行李，我們離開了酒店，趕到機場。

那是一架不定期的航機，引擎殘舊不堪，而且顯然超載，連乘客的機艙中，也堆滿了各種各樣的貨物。

在這樣的飛機上，當然不能期望會有太好的服務，只希望它能夠平安到達目的地，已經算是很不錯的了。飛機一直向西北飛，在聖路易加油，在貝林加油。再起飛之後，下一站就是我們的目的地。

在兩處停留期間，都有新的搭客加入，機艙之中，擠得可以，一個神父側着身走過來，在木箱上坐下，我看到這位神父已經在六十以上，走路也有點搖擺不穩，所以站了起來，準備讓座位給他。

神父拒絕了，他道：「謝謝你，孩子，任何地方都是上帝的懷抱，對我來說，完全一樣！」

飛機飛得相當穩，沒有多久，我就矇矇矓矓睡着了。我想，大約是在我將睡而未曾熟睡之間，我的左脅，突然被人重重撞了一下。

我立時睜開眼來，向左望去。看到白素一臉驚訝的神色，向我身邊指了一指，我轉過頭去看，我也呆住了。

在我身邊，那位老神父正在全神貫注地念着聖經。令我吃驚的是，我看到神父一面在念聖經，一邊手中，拿着一個書籤，那書籤的本身，也沒有什麼奇特，大約寬兩公分，長十餘公分，是藍色的卡紙，上面有一條藍色的細絲帶。神父的眼力可能不很好，他一面用心讀着聖經，一面要用書籤來作指示，順着一行文字移動，以免念錯下一行。

那書籤令得我震動，我相信那也是白素突然之間將我撞醒的原因。在那書籤上，有着兩行字。那兩行字，就是我和白素，稱之為「米倫太太的文字」的那一種！

一定就是那種文字。連日來，我對這種文字，雖然一個字也不懂，可是對於它們的形式，卻已十分熟悉，甚至閉上眼睛，也可以看到那些圓圈、三角形，在我的眼前不斷地跳動着。

而這時，我毫無疑問，可以立即肯定，神父手中書籤上的文字，就是米倫太太的文字！

我迅速和白素互望了一眼，這時候，因為緊張，而喉嚨有點梗塞，先要咳嗽幾下，清了清喉嚨，才道：「神父！」

要命得很，這位神父，不但目力不濟，可能還有相當程度的耳聾，等我叫到了第六聲，而且愈來愈大聲，以至令得其餘人都向我望過來，以為我犯了什麼大罪，急不及待要向神父告解之際，神父才抬起頭來。

一看到他抬起頭來，我忙道：「神父，你這枚書籤，是哪裏得來的？」

神父一聽得我這樣問，深深地吸了一口氣，現出一種極其虔誠的神情來，盯着我，過了好一會，才說道：「孩子，你為什麼這樣問？」

我一時之間，不知如何回答才好，我只是想到，神父的態度如此異特，那枚書籤，一定非同尋常。在我不知如何回答之際，白素已欠過身來：「因為這上面的文字，神父！」

神父伸手，在那兩行字上，慢慢地撫摸着。當他在那樣做的時候，神情不勝感慨之至。

我忙道：「神父，你可認識這種文字？這上面的兩行字，代表着什麼？」

神父的神情更嚴肅：「這兩行字，代表着上帝的語言，孩子！」

我呆了一呆，「上帝的語言」這樣的話，出自一個神職人員之口，自然太空泛了些，難以滿足我的要求。我也不準備反駁他，只是問道：「那麼，上帝通過這兩行文字，說了些什麼？」

神父緩緩搖着頭：「四十年來，我一直想知道上帝在說什麼，可是抱憾得很，我不知道，我不知道上帝要向我說什麼！」

他講到這裏，放下了聖經，雙手揚了起來，也抬頭向上，大聲禱告了起來：「全能的上帝啊，我每天向你祈禱，你為什麼不給我答案？」

我苦笑着：「神父，如果你四十年來，一直得不到回答，那麼，你怎麼知道這兩行字，是上帝的語言？」

神父喃喃地道：「我知道！」

他的聲音雖然低，可是語氣神情，都十分堅定。我和白素互望了一眼，心中充滿了疑惑。白素道：「神父，請問，這書籤你是從哪裏得來的？」

神父十分感慨，道：「四十年了，從來也沒有人問過我這枚書籤是從何而來的，只有你才問起，是上帝使者給我的！」

我道：「你是在什麼情形下，遇到上帝使者的？」

神父道：「四十年前，我是法國南部鄉村一間學校的地理教師，為了想轉換環境，我離開了鄉村，到里昂，參加了一個探險隊。這個探險隊的目的地，是法屬圭亞那中部的阿邦納米河。」

我呆了一呆，事情奇得很，我剛看過有關的資料之中，就有這樣一個探險隊的記載！

我忙道：「這個探險隊的領導人叫倫蓬尼？」

神父一聽得我這樣說，剎那之間，神情又是驚訝，又是激動，又是不信，當真是百感交集。

過了好一會，神父才道：「感謝上帝，居然還有人能夠叫得出他的名字來！我以為他早已給所有人遺忘！唉！他如此出色，真不明白他為什麼會這樣短命，真可惜，真可惜！」

我又想催他，可是白素拉了拉我的手，不讓我打斷他的話頭。

神父在感嘆了好一會之後：「倫蓬尼先生是領導人，團員一共只有三個人，連我在內，還有一位，說起來很可笑，是一個犯了通緝罪的酒保。為了逃避，才參加了探險隊。一到圭亞那，他就溜掉了，所以，實際上，隊裏只有我和倫蓬尼先生兩個人。」

機艙中其餘的人，本來聽到神父曾從「上帝的使者」處得到過東西，都很有興趣在聽着，但是神父只管嘮嘮叨叨探險隊的事，他們顯然沒有興趣，便又各自去做各自的事情，只有我和白素，還全神貫注地聽着。

神父繼續道：「我們僱了嚮導，出發探險——」

我怕他將探險的經過說得太詳細，忙道：「神父，關於倫蓬尼先生探險的經過，我在一本書上看過。我想知道你如何從上帝的使者手上，得到那枚，你說代表上帝意思的書籤！」

神父一聽得我這樣說，突然極其高興，握住了我的手，道：「倫蓬尼先生的探險紀錄，已經出版了？」

他興奮得在這樣講的時候，聲音有點發顫。

我道：「沒有，沒有出版。據說，紀錄不可靠！」

神父陡地激動了起來，大聲道：「可靠！百分之一百可靠！只不過沒有人相信！」

我陡地想起了我看過的那本書中的記載，也一直強調倫蓬尼的探險紀錄，是「熱病中的胡言亂語」，那是不是意味着，倫蓬尼的探險過程之中，曾經遇到過什麼不可思議的事？

如果是這樣的話，那麼我如今遇到了僅有的兩個探險隊員中的一個，真是獲知其間真相的最好機會了。

我初步將倫蓬尼探險的奇遇，和姬娜的怪遇連在一起，因為姬娜用米倫太太的文字，寫成了一大疊稿件。而神父的書籤上，也有米倫太太的文字！兩者之間，一定有聯繫。

我心情極之緊張，但是又不能心急，一定要聽神父講他們四十年前探險的經歷。

我看出神父似乎很激動，所以我安慰他道：「神父，如果將探險過程中特別事件告訴我，我一有機會，就去看倫蓬尼先生的手稿，而且，努力促成它的出版。」

神父雙手握住了我的手，搖着：「那真是太好了！唉，這四十年來，我曾向很多人講起我的遭遇，可是全然沒有人相信我！」

我點頭道：「有時候，人不容易相信他們從來也沒有接觸過的事！」

神父顯得很興奮：「就是這樣，當時，我和倫蓬尼先生也以為自己患了熱病——雖然他後來真的犯了熱病，但那是以後的事！」

我單刀直入：「請你告訴我遇到的不可思議的事。」

神父吸了一口氣：「我們遇到了上帝的使者！」

我和白素互望了一眼，白素道：「請你講得具體一點！你們遇到了上帝的使者？是——使者親口告訴你的？」

神父道：「不，使者向我們講了很多話，可是我和倫蓬尼先生，都聽不懂上帝的語言。」

白素道：「照這樣說來，你們遇到的，只不過是一個操你們聽不懂的語言的一個人！我相信，使者的外形，和人一樣？」

神父連聲說道：「不！不！不！」

我有點駭然：「不？那是什麼意思，使者的外形——是什麼樣的？」

神父道：「使者的樣子是那麼高貴，他——簡直美麗得像是雕像！他的頭上有一圈光芒，他身上的衣服，也閃閃生光。而最重要的一點，唉，我和倫蓬尼先生，親眼看到他從天上飛下來！他真是從天上飛下來的！」

神父在說到這裏的時候，捉住了我的手，用力搖着，像是唯恐我不相信。

我吸了一口氣：「這並不算太稀奇。」

神父睜大了眼望着我，像是當我是患了熱病一樣。我道：「我慢慢向你解釋，你再說下去。」

神父停了片刻，才又道：「當時，我們只有兩個人，在河邊，離我們紮營的地方，約有半里，倫蓬尼先生有着各方面的興趣，他提議趁着夜晚，去捉一種體型十分大的螢火蟲，我們沿河走着，看到有一點亮光飛過來，當時我還和倫蓬尼先生開玩笑：『不會有那麼大的螢火蟲吧！』我的話才一講完，那一點亮光來得好快，一下子就來到了眼前，光亮照得我們兩人連眼也睜不開來，那情形就像聖經上所說的一樣！」

當神父在說的時候，白素在我的手背上畫着，我感到她畫出了三個字：外星人！

我立時點了點頭。

事實上，當我一聽到神父提及「上帝的使者」自天上飛下來，而頭上又有光芒等等時，我已經想到這一點。所以我才向神父說這並不算太奇怪。一個外星人，來到地球上，這種事，實在不值得大驚小怪。

我和白素交換了意見，並沒有打斷神父的敘述。神父繼續道：「當時，我和倫蓬尼先生，簡直嚇呆了！那時，我只是一個普通的教徒，和很多普通人一樣，倫蓬尼先生則比較虔誠。我目瞪口呆，他則喃喃地道：『使者，那一定是上帝的使者！』」

我點頭道：「原來那是倫蓬尼先生說的！」

神父道：「是的，我也立即同意了他的話。使者飛到了我們的面前，自大約一百尺的高空，落了下來，向我們說了一連串的話。他所講的話，聲調優美，可是我一句也不懂。倫蓬尼先生到過世界各地，精通很多種語言，也一樣聽不懂。」

神父講到這裏，嘆了一口氣，默然片刻，現出很難過的神情。片刻之後，他才又道：「這真是我們的不幸。當時的情形，使者分明很想我們和他交談，倫蓬尼先生也用了他所能講的語言，可是上帝的語言，畢竟不是我們所能了解！使者在我們交談了半小時之後，現出十分失望的神情，突然升空，飛走了！」

神父揚起了他手中的書籤：「當使者飛上天空之際，我看到天上落下了這個來，我看着它飄下來，倫蓬尼先生也看到，我們看着它飄下來，一起跳起來去接，我的個子比較高，而且那時年輕，跳得也高，所以給我接到了。我忙問：『這是什麼？』倫蓬尼先生道：『看來像是一枚書籤！』我們立即發現那上面有字，我興奮地道：『使者因為我們不懂他的語言，所以留下了文字！』倫蓬尼先生也極興奮：『是這樣，一定是這樣！我要向全世界宣揚這件事！』」

我皺了皺眉：「結果，就在他的手稿之中，記述了這件事？」

神父道：「是的。不但記述了這件事，而且，由於他精於繪畫，所以憑他的記憶，畫出了上帝使者的樣子，當他畫好之後，他給我看：『你看像不像？』我一看之下，就道：『像極了！簡直比攝影還像！』他顯得十分高興。也不再探險，開始歸程。」

神父講到這裏，又嘆了一口氣：「唉，想不到在遇到了上帝的使者之後，我們的運氣，真是壞透了！我一直不明白為什麼會這樣？使者不是明顯地想告訴我們一些什麼嗎？他的出現，一定是想通知我們，向世人宣布他的來臨，可是我們為什麼會這樣壞運氣呢？」

我有點吃驚：「你們又遇到了什麼？」

神父苦笑道：「雨！一連三天的大雨！」

我不禁吸了一口氣，在熱帶森林之中，一連三天大雨，極其可怕，大雨可以令得前進的途程，每一步都變成死亡陷阱！

但是，我立時又聽出了不對頭的地方，我道：「神父，倫蓬尼先生是一個經驗豐富的蠻荒探險家，他不應該選擇雨季去探險的！」

神父攤開了雙手：「不是雨季！我們出發之前，蒐集過極完整的氣象紀錄，這地方，在那季節，從來也沒有過下雨的紀錄！」

我點了點頭：「突如其來的天氣變化！」

神父道：「是的，倫蓬尼先生歸心如箭，我們冒着大雨，艱難地前進，總算出了森林，到了帕修斯，在那七八天之中，我們的身上，沒有一處地方是乾的，我年紀輕，可以抵抗得住，倫蓬尼先生卻不行了！在最後一天，他已經開始發燒，到了帕修斯，他完全病倒了，他在病牀上躺了三天，就……就被上帝的使者召去了！」

神父長嘆了一聲，又默然半晌，才道：「我奉他的遺命，將他的文稿帶回法國，找到了資助探險的地理學會，連同那枚書籤、畫像，一起呈上去，過了一個月，地理學會的負責人告訴我，他們不準備出版倫蓬尼先生的遺著。儘管我願意鄭重發誓，他們也不接受我的誓言。我沒有辦法，只好要回了那枚書籤作紀念，這許多年來，它一直陪着我！」

神父又停了一停，望着我和白素：「那上頭有文字，你們看，這一定是含有深意的文字，而絕不是花紋，使者一定想對我講什麼，而我無法了解！於是我進了神學院，在結業之後，志願到圭亞那！我在帕修斯主持一個教堂，已經三十多年了！」

神父鬆了一口氣，表示終於講完了他的經歷，他問我：「你相信我的話？」

我道：「絕對相信！」

神父再鬆了一口氣，白素問道：「這許多年來，你有沒有再到遇見使者的地方去過？」神父苦笑：「非但去過，而且我還在那地方，建造了一個小教堂，在那個小教堂中，我住了很久，大約是三年，希望能夠再見到上帝的使者——」

他講到這裏，現出了悲哀的神情來：「儘管我日夜禱告，可是沒有機會再見到使者。」

我和白素互望了一眼，我相信，在那一剎間，我們的心中，都有相同的問題，白素向我示意，由我來發問。我吸了一口氣：「神父，你在見到『天使』的地方，可曾遇見過一個十分美麗的墨西哥少女？」

神父眨着眼，顯然他一時之間，不明白我這個問題是什麼意思。我又補充道：「這個少女的名字是姬娜，她到那裏去的時候，只是一個小女孩。」

神父的神情更疑惑，搖着頭：「沒有！那地方十分荒涼，連土人都很少去，自從四十年之前，我們的探險隊之後，也沒有人去過。」

我聽得神父那樣講，十分失望，神父望着我們：「兩位是……」

白素道：「我們要去找一個人，她是一個美麗的墨西哥女郎，從帕修斯附近來的，叫姬娜．基度。」

神父認真地想着，過了好一會，他才又搖頭道：「不，我不知道有這樣的一個人。我在神學院畢業之後，三十多年來，一直住在帕修斯。帕修斯如今的人口是六千人左右，我曾替其中的四千人洗禮，認識當地以及附近幾個村落中的人。」

能在這架飛機上遇到這位神父，可以說是我們的運氣。可是對於尋找姬娜，並沒有多大的幫助。甚至，還減少了我們找到姬娜的可能性，因為神父在那附近住了那麼久，卻根本不知道有姬娜這個人！

或許是我和白素的神情，都表示了相當的失望，神父反倒安慰我們：「兩位要找的人，如果真是在帕修斯居住的話，我一定可以幫助你們！」

白素忙道：「是的，我們正需要你的幫助！」

認識了神父之後——神父是有名字的，他也告訴了我們，但是堅決囑咐我們，不論在任何情形之下，他都不喜歡被人提及姓名，所以，我自始至終，只稱他為神父。在認識了他之後，法屬圭亞那的行程，變得容易得多。下了飛機之後，神父的一個助手在機場接機，那是一個熱中神學的青年人，由他駕着一輛吉普車，我們直駛向帕修斯，一路上，每經過鎮市、村落，神父都下車，為當地的居民祝福。

這樣，使我們的行程耽擱了不少時日，八天之後，到達了帕修斯，我和白素就住在神父主持的教堂中。在接下來的日子中，神父帶着我們，在帕修斯逐戶訪問，想知道是不是有人認識姬娜。

第六部

十年前出現的神秘少女

第六天，就有了收穫，那一天，我們訪問了一個雜貨店的老闆，那老闆大約六十歲，他的雜貨店，開設已有好幾十年，一當我們提起姬娜的時候，他就道：「是的，那個神秘的少女！」

我和白素喜出望外，道：「神秘的少女，你說她神秘，是什麼意思？」

雜貨店老闆有點忸怩，而且神情也略現緊張，在我將同樣的問題，問了第二遍之際，他才搓着手，道：「印地安人，有許多古老的傳說——」

我一聽他忽然牛頭不對馬嘴，說起印地安人古老的傳說來，不禁有點不耐煩，白素向我使了一個眼色，示意我別打斷他的話頭。

雜貨店老闆在講了那一句之後，又遲疑了一陣，才道：「那些古老的傳說，有的——有很多是和鬼神有關的，我記得，從十年前開始——」

我和白素趁雜貨店老闆又遲疑着不說下去之際，互相握了握對方的手。因為他說的十年前，那正是姬娜在墨西哥神秘失蹤的日子！

老闆望着神父，在胸口畫了一個十字：「神父，請原諒我，這件事，我從來也未曾對任何人說起過，而且，」他苦笑着，「就算說了，也不會有人相信！」

神父喃喃地道：「是的，很多事情，說了也不會有人相信。」

老闆又道：「我一直獨身，住在店後，十年前有一個晚上，正是月圓之夜，我在睡夢中，被一陣連續不斷的拍門聲弄醒，我起來，穿過店堂，去開門——」

老闆一面説着，一面指着店堂。這時，我們正是在他的店堂之中，我相信這狹窄的，雜亂無章，堆滿了各種各樣貨物的店堂，十年來一定沒有多大改變過，我也完全可以想像當時，他從店堂後面的房間中，穿過店堂去開門時的情形。

雜貨店老闆在停了片刻之後，繼續説道：「我來到了門口，一打開門，就看了隱兒站在門口。」

我呆了一呆：「隱兒？那是什麼意思？」

神父插了一句口：「隱兒是本地的土語，意思是一種神秘的精靈。」

我「哦」了一聲，還是有點不明白，老闆神情很不好意思：「我一打開門，看到的是一個十二三歲的小女孩，極美麗，站在門口，是一個我從來也未曾見過的小女孩。我以後一直在見她，但是她從來也未曾告訴過她叫什麼，我也沒有問她，只是在我心中，當她是一個神秘的精靈，所以心裏叫她『隱兒』。」

我道：「不論你叫她什麼，我相信她就是我們要找的人，接下來的情形怎麼樣？」

老闆道：「當時我心中奇怪之極，我在帕修斯出生，居住了幾十年，這是一個小地方，很少有外地來的人，我認識在這裏居住的每一個人，可是從來也沒有見過她。我第一句話就問：『小姑娘，你是從哪裏來的？』」

白素道：「這個小姑娘的手上，戴着一隻紅得異樣的紅寶石戒指？」

老闆點頭道：「是的，她一直戴着那隻戒指，當時，她揚着手，開口說話，我就已經看到，她道：『我想買一點東西，對不起，吵醒你了！』當時，我心中極其疑惑，可是我卻沒有再問下去，我只覺得她既然出現得如此神秘，我就不應該追問她的來歷！」

老闆講到這裏，向我和白素望了一眼：「兩位是不是覺得我很蠢？」

我沒有反應，白素道：「一點也不蠢，不追問她的來歷是最聰明的做法，在我們中國有一些民間傳說，和你的遭遇相類似，有美麗的女人，午夜拍門，要求購買物品，結果商店的老闆好奇心太濃，暗中跟蹤前來購物的神秘女人，結果，神秘女人消失在墓地，跟蹤者嚇得生了一場大病！」

我聽得白素這樣講，又好氣又好笑。白素所講的，是中國民間故事中最普通的一種傳說，在如今這樣的情形之下，忽然講起只該講給小孩子聽的傳說，有點滑稽。

老闆神情極為嚴肅、緊張，不斷在胸口畫着十字，喃喃地不知在說些什麼，或許是在慶幸他自己並未曾去跟蹤不知來歷的人！

這時，我心中也在迅速地轉着念，疑問一個接着一個而來。

從雜貨店老闆的敘述之中，至少可以肯定了一件事：十年前，姬娜在墨西哥突然失蹤，的確是來到了帕修斯。

這就已經夠奇怪的了，從墨西哥到法屬圭亞那，並不是一個短距離，而且，旅程所經之處，是世界上充滿了危險的地區之一。一個十二歲的小女孩，且不說她為什麼要來，她如何來的，已經是一個百思不得其解的大疑問。

帕修斯如此之冷僻，決不應該在一個久在東方居住的十二歲小女孩的知識範圍之內。也就是說，她知道有這個地方，已經是一樁怪事，她到這裏來，為了什麼？就算是假設一千條理由，只怕也沒有一條，可以解釋得通！

白素問道：「她要買些什麼呢？」

老闆吸了一口氣，白素剛才講的「故事」，在他的心中，顯然造成了相當程度的恐懼，是以白素一問之下，他反問道：「她……她是鬼魂？可是……這些年來……她不斷地長大……到最近，她已經不是小女孩，而是少女了！」

白素笑了笑：「別害怕，我的意思只是說，一個人好奇心太強烈，沒有好處，有很多事，還是別去尋根究底的好！她絕對是人，當然會隨着時光逝去而長大！」

老闆鬆了一口氣，再在胸口畫了一個十字，才道：「她第一次要買的東西很普通，一袋麵粉，一包鹽，還有一塊醃肉，大約二十磅東西，大多數是食物，還有一點雜物，可是她卻訂購了一件十分古怪的東西。」

老闆講到這裏，連神父也被引起了興趣：「訂購什麼？」

老闆道：「她給我一張紙，上面有這件東西的型號，我也不知道那是什麼，她告訴我，要我寫信到美國一家工廠去訂購，並且給了我錢，我答應了她。三個月後訂購的東西才寄到，我偷偷拆開來看了看，也不知道是什麼，後來問人家，才知道那是一具小型的示波儀。」

我吸了一口氣：「示波儀？」

老闆道：「是的，示波儀！」

我道：「是一種儀器，看起來有點像電視機，有一個小小的熒光屏，熒光屏外，有着方格的刻度，在面板上，還有許多掣鈕的那種東西。」

我一面説着，一面順手取過櫃上的紙筆來，大致畫出普通示波儀的樣子來。

我一面說，老闆就一面點頭：「正是！正是這樣的東西。當時我不知那是什麼，也曾畫了下來，後來向人家問起，當時我畫的草圖還在，你等一等，我去找出來給你看！」

他説着，轉身向內走去。

這時候，我實在不知道自己應該向哪一方面去想才好！一具示波儀！姬娜要一具示波儀，有什麼用處？

老闆不一會，就從店後出來，手中拿着一張紙，紙上有着示波儀的草圖，他畫得十分詳細，連面板上各個掣鈕旁的文字，也照寫了下來。我看到這張圖，就可以肯定這是一具相當精密、雙線掃描示波儀，最高頻率，達到五十萬赫斯。

這種精密的儀器，普通來說，只應用在一些精密的工業製作測試上。一個十二歲、神秘地由墨西哥來到帕修斯的小女孩，要來有什麼用？

我向白素望去，白素搖了搖頭，顯然她的心中，也只有疑問，沒有答案。

老闆又道：「我估計，她買去的食物，至多足夠她一個月用，所以在一個月之後，就一直等着她來，可是她卻一直沒有來，訂購的東西寄到之後，她也沒有來，一直到半年之後，一個晚上，我才又被拍門聲弄醒，我連忙跳起來，打開門。又看到了她。這一次，她卻沒有買什麼，只是拿走了示波儀，我一再問她是不是還需要什麼，她才又買了一隻洋娃娃。」

神父喃喃地道：「真是怪極了，難道你一點也不關心她，問她是從哪裏來的？」

老闆苦笑了一下，道：「我……心中將她當作了是『隱兒』，我也問過，她什麼也不回答我，所以我不敢再問下去。」

我忙道：「以後呢？」

老闆道：「在她第二次出現之後，我曾經多次在鎮上打聽她的下落，可是一點結果也沒有。自從那次之後，她不時出現。」

老闆道：「每次總是在深夜，拍店門。有時隔一個月，有時隔三個月，來買些雜物、食物。每次，我當她離開之後，關上門，在店門的縫中看她向外走去，走到那街口，就轉過去，看不見了！」

老闆指着店舖門外，我看到他指的那個街角。

老闆又道：「好幾次我想跟出去看她究竟到什麼地方，但總提不起勇氣來。她一年一年長大，為了她，我訂了不少美麗的衣服，有一些，她很喜歡，一看到就買了去——」

他講到這裏，我才陡地想起了一個問題來：「她用什麼貨幣和你交易？」

老闆雙手緊握着：「是的，我應該說出來，她用來買東西的是一種金幣，我從來也沒有見過這種金幣，但是我可以肯定，那是金幣！」

「一種從來也沒有見過的金幣！」

我立時想起米倫太太的遺物之中，就有幾枚這樣的金幣，我向老闆望去，老闆道：「我不知道這種金幣的價值，但是她告訴我，那很值錢，我就相信了她，她每次都給我一枚，有時大一點，有時小一點，我也從來沒有拿去兌換過，一直保留。」

我大是興奮，忙道：「你一直留到現在？」

老闆卻搖了搖頭：「不，最後一次，她深夜拍門，見了我之後，道：『我知道我給你的金幣，你一直保留着，現在我想贖回來──』」

我忍不住插言道：「那是什麼時候的事情？」

老闆道：「是五天之前！」

「五天之前」！

這是我和白素無論如何未曾想到過的一個答案！

五天之前！那也就是說，姬娜已經回來了！從荷蘭回來了！

她是不是知道我們一直在追蹤她？而如今，她又隱藏在什麼地方？無論如何，五天之前，姬娜曾在帕修斯出現過，這是一個極其重大的收穫！

老闆道：「她給了我很多美鈔，多得我幾乎不能相信，然後，她取回那些金幣，又留下了一張訂購單，就離去了。」

我聽到這裏，心頭更是怦怦亂跳，興奮得難以形容！姬娜五天之前，曾來見過這個雜貨店老闆，並且還留下了訂貨單！那也就是說，她會回來取貨！那更是說，就算我們用最笨的辦法，就在這間雜貨舖中等，就總有一天，可以等到姬娜的出現！

本來是茫無頭緒的長途跋涉，一下子變成了有肯定的結果，心中許多大大小小的謎團，都可以因此而解決，那自然令人興奮之極！

神父也顯得很高興，說道：「我們可以見到這位神秘的少女了！」

老闆卻用一種擔憂的神情望着我們，我知道他的心意，安慰他道：「你放心，我在十二年前就認識她，她最近還寄過一樣極其重要的東西給我，我們和她是好朋友，她一定很樂於見到我們的！」

老闆的神情，疑信參半，我道：「她有沒有約定什麼時候來取貨？」

老闆並不直接回答我這個問題，只是道：「雖然她從來也沒有要求我別在他人面前提到她，可是我卻一直感到我不應該隨便向人說起她，如果她知道了……我向你們說起她……我……」

白素道：「請你相信，我們是她的好朋友！」

老闆的神情仍然十分疑惑，我也知道，單是這樣說，很難令人相信我們和姬娜是好朋友，是以我又補充道：「我們已經很久沒見面了，而我們相信，在這些日子之中，在她的身上，一定曾發生過極其神秘的事情，我們正想找出究竟是什麼事！」

老闆喟嘆了一聲：「我不知道自己是做對了，還是做錯了！」

他的這個問題，沒有人可以答覆，我們靜了片刻，白素才道：「這次她訂購的是什麼？」

老闆道：「是許多化學用品，我也不知她要來幹什麼用。」

我道：「單子在麼？」

老闆遲疑了一會，才拉開抽屜，拿出了一張單子來，交給我，我和白素一看，就呆了一呆。事實上，我們只看到了其中一項「甲醛十加侖」，就已經立時聯想到了姬娜在巴黎，曾經拜訪過一個殯儀專家，研究如何保存屍體的方法一事。

甲醛，正是用來浸製標本用的一種化學藥品！

那等於已告訴了我們：有一具屍體和她在一起。

自然，屍體不會一開始就是屍體。屍體在未死之前，是人，那麼，這十年來，她是不是一直和這個人在一起呢？

問題愈來愈撲朔迷離，這些問題，除了和姬娜會晤之外，沒有別的解決方法，所以我忙問道：「她有沒有和你約定，什麼時候來取這些貨物？」

老闆道：「我們這裏是小地方，交通很不方便，她要的那些東西，我估計至少要一個月才到，我約了她四十天之後來取。」

我知道這件事，非事先說明不可，是以我立時道：「到時，我想在你的店中等候她！」

老闆現出了一種無可奈何，猶疑不決的神色來：「要是隱兒發了怒，那……我……」

我大聲説道：「她不是什麼『隱兒』，是人，而且，她決不會發怒，見到了我，只會高興！」

白素也道：「如果她發怒，也決不會怪你，讓她怪我們好了！」

老闆的神情十分害怕，十分不自然，他並沒有答應我們的要求，只是攤着雙手，作出一種十分為難的神情。我也不再向他多説什麼，反正我知道姬娜到那時一定會來，就算老闆堅持不讓我們在店裏等，我們在街上等，也是一樣可以見到姬娜的！

當時，我和白素兩人，都興奮莫名，雖然我們感到，三十多天的時間未免太長，但是當知道若干時日之後，一切謎團就可以有肯定的答案之際，等上三十多天，也不算什麼了！

正因為我們兩人的心情十分興奮，是以我們都忽略了十年來，在雜貨店老閫心目中，造成了「隱兒」地位的姬娜，有一種超自然的力量在，我們沒有料到這一點，這是我們的失策。

當下，我們和神父一起回到教堂，神父問道：「那位少女，究竟怎麼了？」

我道：「神父，你或許不相信，但是對整件事，我已經略有概念，四十年前你遇到的上帝的使者，其實並不是什麼上帝的使者！」

神父一聽得我這樣說，立時臉上變色，說道：「孩子，一定是！」

我本來想告訴神父，他所謂「上帝的使者」，其實是一個和米倫太太同一個地方來的人。他會飛，會發出光芒，那多半是一具十分進步的個人飛行器之類的東西。

這個人，可能十年來一直和姬娜在一起，而且，他多半已經死了！

我本來想將自己的推測說出來，可是看到神父對他的信仰是如此之堅定而不可侵犯，所以我突然之間，改變了主意：「是的，我說錯了！」

神父諒解地拍了拍我的肩頭，我說道：「我想到你遇見上帝使者的地方去看看，需要多少時間？」

神父「哦」地一聲，道：「需要三天。不過，我不能陪你去。我已經離開了一段時間，有很多事要處理。」

我道：「那不成問題。事情，我認為已解決了，只不過是時間問題而已，你給了我太多幫助，我們實在不知如何感激你才好！」

神父的神情很感慨：「不，我應該感謝你們，四十年來，只有你們肯相信我講的話。」

他講到這裏，略頓了一頓，説道：「請問，你們要找那個神秘的少女，是不是和我曾遇到過的上帝使者，有什麼直接的關係？」

我想了一想，才道：「可能有一定的關係，但是我們還不能肯定。」

神父點着頭：「我可以給你們一幅地圖，多年來，我屢次來往，已經闢出了一條小路。我也可以將我的十字架借給你們，沿途有幾個村落，居民並不是太友善。有了我的十字架，你們就可以受到很好的招待。」

我連忙稱謝，神父走了開去。神父才一走，白素就問我道：「我們有必要到那地方去？」

我道：「反正這三十來天，我們沒有事情做，要在這裏等那麼久，不是悶死人？而且，你難道看不出來？神父遇到的那個所謂『上帝的使者』，其實是來自米倫太太同一地方！」

白素吸了一口氣，說：「是，可是神父在那地方，甚至建立了一個教堂，他也沒有什麼發現！」

我道：「關於這一點，我也想過了，我的猜想是神父沒有新的發現，是因為他一直等在那地方，而未曾深入去調查！」

白素的神情有點不解，望着我。

我道：「那個人，他的情形和米倫太太不同。米倫先生和米倫太太的太空船失事跌進了一個火山口中，而這位使者，他卻安全降落。」

白素眨着眼，並沒有表示她的意見。

我繼續道：「所以，我認為，使者的太空船，根本還在，可能就停在離神父遇見他不遠處。如果我的推想不錯，那麼這十年來，姬娜根本住在那艘太空船之中！」

白素道：「現在也是？」

我攤了攤手：「照說，她沒有別的地方可去！」

白素道：「我們如果找到了那艘太空船的話，那就可以——」

我立時接着道：「就可以解決一切謎團！」

白素想了片刻，才道：「對我而言，最大的謎團是何以姬娜寫出了這種文字，而她自己卻又不認識這種文字！」

我沒有表示什麼，因為我心中大大小小的疑團太多，白素所提出來的，只不過是其中之一。

隔了沒有多久，神父回來，交給了我們一隻銀質的十字架，和一幅手繪的、十分詳細的地圖，並且替我們兩人祝福。再告訴我們，有一輛舊吉普車，可以供我們使用。

第二天一早，我和白素出發，照着地圖上指示的方向，駕着那輛舊吉普車進發。開始的第一天，相當順利，我們在當天下午已經到達了阿邦達米的河畔。河水並不湍急，河灘平坦，雖然生滿了雜草灌木，但是對車子的行進，並不造成多大的妨礙。

當晚，我們就在河邊紮營，我在營旁，燃起了十幾個大火堆，那不但為了防範兇惡的野獸，火堆的火頭和煙，也可以驅散成群結隊的蚊蚋——我從來也沒有見過小飛蟲在成群結隊之後，可以造成這樣驚人的現象。一大群一大群的蚊蚋，簡直就像是形狀變幻莫測的魔鬼一樣，漫天飛舞，發出震耳的嗡嗡聲，天知道這些飛蟲會造成什麼樣的損害。

平安度過了一晚之後，繼續依照地圖，沿河進發。這一天的途程，已不如上一天那麼容易，河灘上高低不平，低處積着水，在水潭中，長出一種盤虬曲折的植物，那種植物的根，硬而有刺，在地上蔓延着，使得車輪在輾過它們之際，不住地跳動。一天下來，只不過行進了一百公里左右。

當天晚上紮營，除了有六七十條兩尺以上的大鱷魚圍住了我們，說什麼也不肯離去之外，倒也沒有什麼別的驚險。不過在火光的照映之下，看那些大鱷魚，有時一起張開口來打呵欠，白牙森森，那滋味也決不太好受，這一夜我和白素輪流值夜，不敢鬆懈。等到再次出發，已經是行程的第三天了。照地圖上的距離來看，我們在當天晚上，應該可以到達了。

這一天的上午，我們經過了兩個小村落，神父的十字架果然有用，我們受到極佳的招待。下午開始，進入了森林，我們已經盡量靠近河邊行駛，可是那種紅木林，一直蔓延到河水之中，河兩岸全是樹，很多樹根本是從水中長出來的，行進分外困難。

幸而神父說得沒有錯，他多次來往，總算開出了一條小路。勉強可以供車子行進。但等到我們在夕陽西下，可以看到那座簡陋的小教堂的尖頂之際，也已經被車子震得頭昏腦脹了。

小教堂只有一個年老的印地安人看守，一見到我們取出來的十字架，看守人極其興奮，將教堂中的幾條長木凳併起來，供我們睡。我和白素盡量使用我們會講的印地安語，和看守人交談。看守人在教堂一造好之後就開始他的工作，已經有二十年了。問到他可曾見過姬娜這樣的一個少女時，他瞠目不知所對。我們在他的口中，全然得不到什麼。

晚上，我和白素商量明天我們應該如何進行。教堂在叢林的中心，我想像中的太空船，可以在教堂四周的任何一個方向。而且，我們除了步行之外，無法使用其他的交通工具。我們在商量了一會之後，我道：「我看，我們不妨採取蜜蜂的覓途方法。」

白素點頭道：「這樣比較可靠些，雖然花的時間相當久，但這是唯一的辦法。」

所謂「蜜蜂覓途的方法」，是以一點為中心，繞着這個中心，不斷地繞圓圈，而將圓圈的直徑，不斷擴大，這是蜜蜂尋覓目的地的方法。用這個方法，可以找到在中心點外任何一個方向的目的地。

第二天我們開始準備，要看守人替我們準備食物，並且在神父豎了一個十字架標明那是「上帝的使者」曾經站立的地方、觀察了一會。

那地方，就在教堂之旁的一塊空地上，時間已經過去了四十年，當然不可能在那地方，再找到什麼特別的線索。

我站在大十字架前，抬頭向天空望，想像着當年，神父和偉大的探險家倫蓬尼，忽然之間，見到有一個頭上發光的人，自天而降的情形。這種情形，自然是極其令人震懾，一個年輕的地理教師，在這種現象的震懾之下，變成了一個虔誠的神職人員，也可以想像。

當我抬頭望向天空的時候，白素在我的身邊，她問道：「你在想什麼？」

我道：「我在想，如果我知道那位上帝的使者是從哪一個方向飛來的話，事情就易辨得多！」

白素道：「我昨晚也想過這個問題，有一點線索，對我們很有用。依照你的猜測，太空船降落，使者走出太空船，利用個人飛行器飛行，那麼，是不是可以假定，神父或倫蓬尼是他遇到的第一個人？」

我道：「那又有什麼關係？」

白素道：「關係很大！」她一面説，一面攤開了神父給我們的地圖，指着：「你看，在教堂的南邊，有一座村落，離教堂三公里，西邊四公里處，也有一座村落，如果使者降落之後第一次見到的人是神父，那麼他必然在四公里的範圍之內！不然，他會見到村落中的土人！而土人如果曾見過有人飛下來，一定會形成一種傳説，不會一直沒有人提起！」

我點頭道：「分析得很有理，那也就是説，就算我們用蜜蜂覓途的辦法來打圈，那個圓圈的直徑，也不會超過四公里，是不是？」

白素道：「是的，我想，有五天時間就足夠了！」

我搓着手，五天，如果在五天時間之中，我們就可以有所發現的話，那實在不算太久。

等到中午，看守人替我們盡量準備好了我們需要的東西，我們將東西放在一輛手拉車上，開始出發，以教堂為中心，開始打圈子。

到了晚上，開始在叢林中一個空地紮營，我們估計，離教堂一公里。

當然，距離中心點愈遠，每一個圈所費的時間也愈多，但如果四公里是最大的距離，五天也足夠了。

接連兩天，我和白素在叢林中打轉，一望無際的叢林，樹木茂密，每一株樹的樹身上，都掛滿了各種各樣寄生植物，有的開着極美麗的花朵。兩天來，我們沒有新的發現。可是第四天一早，我們才開始不久，仍然在叢林中打轉時，白素陡地叫了起來：「看！」

當她叫出來的時候，我也已看見了。她伸手所指的，是一片沼澤。

第七部

姬娜駕着飛車來

這幾天來，我們曾經遇到過不少沼澤，有的大，有的小，我們總是設法繞過沼澤，繼續前進。這一片沼澤，和以前曾經見過的沼澤，並沒有什麼不同，看過去，其實根本看不見水，水面上，長滿了浮在水中生長的植物和水草以及在水中長出來的灌木。只可以憑藉植物的種類和停在水中植物寬大葉子上的水鳥，來判斷這是一片沼澤。

令得白素驚叫起來的是，在這個沼澤的中心部分，有一個尖圓形的東西，突出在一叢灌木之上。那東西約有五十公分高，呈銀灰色，上面也已爬滿了水草的葉子，要不是恰好是早晨，陽光照射在它近水的基部，令得那東西發出反光，我們也根本不會發現。

我和白素一看到了那東西，立時一起向前奔去，直到我的一隻腳，踩進了水中，濺起了老高的水花之際，白素才一把將我拉住：「你想幹什麼？」

我叫道：「我想幹什麼？你看那是什麼？那就是我所說的太空船的頂部！」

白素道：「就算是，你也無法這樣接近它！你再向前奔出幾步，就會陷進污泥去，再也出不來！」

我揮着手：「那麼，想想辦法接近它！」

這時，我的心情，真是興奮到了極點。我的猜想之中，有一艘太空船，而如今，在沼澤的中心部分，有一個這樣的東西！我一眼就可以肯定，那是一艘太空船的尖頂部分！

白素說道：「先別心急，我們來研究一下，那究竟是什麼東西！」

我道：「這還用研究？這種銀灰色，是一種金屬，太空船在沼澤中，它的尖頂部分，露在外面。我們快點砍樹，紮一個筏，可以接近它！」

當我急急地在這樣說時，白素取出了一個小型望遠鏡來，向前看着，然後，她將望遠鏡遞給我：「你自己看，我想那不是什麼太空船的頂！」

我一臉不服氣的神色，接過了望遠鏡來。可是一看之下，我也不禁呆了一呆。

那東西露出在水面部分，大約有五十公分高，距離我們大約有兩百公尺，不用望遠鏡，看起來好像是一動不動的，但是望遠鏡一將它的距離拉近之後，就可以看出它在水面搖動。搖動的幅度不是太大，因為它的四周圍長滿了水草。

照這樣的情形看起來，那的確不像是什麼太空船的頂，倒像是一隻蛋形的桶，一半在水中，一半在水面之外。我看了又看，不禁有點泄氣，放下了望遠鏡：「不論這東西是什麼，我們總得接近去看一看。而且，這東西無論從哪一角度來看，都不應該是原始叢林中的物事！」

白素點頭，同意我的說法。我們兩人開始用小刀割下樹枝，一層一層地編織起來，兩小時之後，我們已經有了一隻勉強可以供一個人站上去的筏。

我又砍下了一根相當長的樹枝，將筏推到水面上，站了上去，水浸到我的小腿，在筏上平衡着身子，用樹枝一下又一下撐着，使我自己，漸漸接近那東西。筏移動得相當慢，但終於，我來到了那東西的近前，我急不及待地用樹枝去點那東西。樹枝才一點上去，那東西就沉了一沉，但立時又浮了起來。

這種現象，證明我第二個猜想是對的，那是一個空的桶！我再接近些，等到我可以碰到那東西時，肯定那是一隻橢圓形的金屬桶。我蹲下身子，將之拖到了筏上，又用樹枝撐着，回到了岸上。

我才將那東西推上岸，白素就蹲了下來，用手拂去沾在上面的水草。我跳上岸：「看來像是一個空桶！」

白素將之豎起來，指着一端的一個管狀物：「看，好像是燃料桶！」

我又興奮了起來：「太空船的固體燃料！」

白素點了點頭：「你看這管子附近的壓力控制裝置，一定是固體或液體燃料，才需要這樣的裝置！」

我們都極其興奮，什麼樣的東西才需要這種燃料，那真是再明白也沒有了。而且，這隻空桶，又恰好在我們假設有太空船的地方發現，那就決不是巧合！

我四面看着，團團轉着身子，不住問道：「太空船在什麼地方？它應該就在附近，它在什麼地方？」

白素又好氣又好笑：「我不相信你這樣叫，就可以叫出一艘太空船來！」

我站定了身子：「一定是在附近，說不定就在沼澤的下面！」

白素皺起眉：「陷在沼澤之中？」

我道：「那有什麼奇怪，米倫太太的太空船陷在火山中！」

白素搖頭道：「你忘了自己曾說過姬娜在這十年來，可能一直住在太空船中，如果太空船陷在沼澤，她怎麼出入？」

我眨着眼，答不上來，白素道：「別心急，我們總算已經有收穫了！」

我道：「大收穫！」

白素並不和我爭，將那隻空桶，弄上了手推車，我提議我們繞那沼澤，轉一個圈子，因為這隻空桶是極重要的發現，我猜想中的太空船，可能就在附近。

由於這隻空桶的緣故，我們改變了計劃，變得以這個沼澤為中心來打圈。

可是，時間一天一天過去，我們早已離開那個沼澤超過十公里以上，還是沒有任何發現。

到了第十六天晚上，白素道：「我們該啟程回去了，不然只怕連見姬娜的機會都要錯過了！」我實在不捨得離開。因為若是什麼也未曾發現，那倒也算了！可是我們卻發現了那隻空桶！

這些日子來，到了晚上，我們就研究那隻空桶，空桶的鑄造極精美，用的也不知道是什麼金屬，又輕又滑，可是又十分堅硬，小刀用力刻上去，一點痕迹也不留下。空桶一點焊接的痕迹也沒有，顯然是整個鑄成。只有一個管子，那管子的口徑很小，無法觀察桶內的情形。但是管子基部那個壓力裝置，卻被我拆了一小部分下來，每一個零件，都精巧之極。

這樣的一件東西，別說出現在原始森林的沼澤之中，就算放在最先進國家的太空博物館，也一樣極其引人注目！

白素提議回去，這些日子來，我們用來充饑的東西，已經和野人沒有什麼分別，其中包括了不知名的植物根、果實，以及大條的水蛇肉、水鳥肉等等，可是我還是不想回去，想再掙扎幾天。當我向白素望去之際，白素一下子就看穿了我的心意：「我不會同意我們分頭行事！」

我苦笑道：「有什麼不放心的？這裏很平靜，我們這些日子來，一直很平安。」

白素嘆了一聲：「我們這樣找下去，其實根本找不到什麼！」

我道：「我們已找到了一隻空桶！」

白素道：「一隻空桶，那又怎麼樣？這隻空桶，根本可能是天上落下來的！」

我呆了一呆，不禁有點啼笑皆非。如果這隻空桶盛放的是燃料，那麼是不是用完了燃料之後，在飛行中自半空中拋下來的？如果是這樣的話，那麼，我猜想中的太空船，根本不可能在附近！

白素看我仍在猶豫不決，再道：「還是回去吧，見到了姬娜，什麼問題都可以解決，總比在這裏打轉好！」

我嘆了一口氣，雖然極其不願意，但是也無可奈何，只好回去。回途沒有什麼好記述的，我們進入市鎮，先到教堂去看神父，人一進教堂，神父就向我們急急走了過來，一副急不及待的神氣，使我們立時感到他有重要的事要告訴我們。

還沒有等我開口問，神父就大聲道：「你們回來了！你們回來了！」

我忙道：「發生了什麼事？」

神父搓着手，道：「頗普離開了帕修斯，他走了！」

一時之間，我還記不起「頗普」是什麼人，白素記性比我好，她碰了碰我，道：「是那雜貨店老闆！」

神父道：「在你們離開之後的第三天，他就走了！唉，一定是我們的拜訪，擾亂了他平靜的生活，唉，他不知道上哪裏去了！」

我看到神父那種焦急的樣子，忙安慰他道：「或許他只是去旅行？」

神父搖着頭：「不！我知道他走了！而且，永遠不會回來了！」

我陡地想起，姬娜訂購的化學藥品，就在一兩天之內，應該來取，莫非姬娜已經來過了？要是姬娜已經來過的話，那麼，我們等待的一切，就全要落空了！

神父不斷地嘆着氣，嘆得我心煩意亂，白素已道：「神父，那少女已經來過了？」

神父道：「我不知道，我只知道頗普將他店中所有的貨物，賣的賣，送的送，全都清理了，而且，還提清了他在銀行中所有的存款，離開了帕修斯。」

我聽得神父這樣講，迅速地轉着念，定了定神：「這一切，全是我們走了之後的第三天發生的事？」

神父點着頭：「是！」

我和白素互望了一眼，想到：既然那是我們離開之後三天的事，那麼，頗普和姬娜的約會，還未曾實現。頗普無法和姬娜聯絡，姬娜也不應該知道頗普已經離開了帕修斯，到了約定的時間，她仍然會來！

我一想到了這一點，忙道：「神父，雜貨店還在，是不是？」

神父可能一時之間，不知道我這樣問他是什麼意思，是以眨着眼，不知道如何回答才好。我笑了一笑：「神父，頗普是一個成年人，他有他自己的選擇，我們不必為他擔心。」

神父又嘆了一口氣：「頗普在離開之前，曾對他一個好友説，他不應該泄露『隱兒』的秘密，他害怕有災禍會降臨在他的身上！」

我只覺得可笑，道：「我們要到雜貨店去看一看！」

神父沒有阻止我們，我們離開了教堂，一直來到雜貨店門前，店門關着，上着一柄生了鏽的鎖，我很快就打開了這柄鎖，推門進去。

我和白素進了店鋪，店堂中凌亂不堪，全是廢紙箱、廢木箱和一些剩下來，沒有人要的雜物，一望而知頗普走得十分匆忙。

店堂後面是頗普的住所。我們上次來的時候沒有到過。店堂後面是一個小小的院子，種不少花草，頗普的住所中更亂，一些粗重的東西全未曾帶走。

我撥開了一張椅子上的幾件舊衣服，坐了下來，四面打量着。

白素道：「看來他走得如此匆忙，我們真要負責任才是！」

我翻着眼，道：「他可以不走，那是他自己在疑神疑鬼，大驚小怪！」

白素沒有和我爭論下去，在淩亂的雜物之中，隨便翻了翻：「我們是不是就在這裏等姬娜出現？」

我道：「當然。」

白素道：「根據頗普說，姬娜每次出現，總是在深夜，我們要在這裏過夜才行！」

我道：「那也沒有什麼不好，這裏雖然亂，也可以住人，廚房在哪裏？我們可以自己煮東西吃！」

白素笑了笑：「好，那我到市場去買點食物回來！你不要亂走！」

我聳了聳肩：「我為什麼要亂走？」

我準備將一些大件雜物，塞進衣櫃去，可是當我打開衣櫃之後，就陡地一呆，我看到衣櫃中，有一件直立着的東西，那東西用一大幅麻布遮着，乍一看來，在麻布的覆蓋之下，簡直就是一個人！因為那東西的大小、形狀，就恰好像一個身形高大的人！

當我才一看到這件被麻布覆蓋的東西之際，實在吃了一驚，剎那之間，我第一件想到的事就是：那是頗普！他並不是離開這裏，而是神秘地死亡了！

但是這種念頭，在我的心中，只不過一閃而過，我立時想到，頗普是一個矮胖子！而在麻布覆蓋之下的那個人（如果是一個人的話），卻身形相當高，決不可能是頗普，一定是另一個人！

事實上，我一看到那被麻布覆蓋着的東西之後，立時就伸手去揭開麻布，以上，是在我揭開麻布的那一剎那間所想到的。

我一伸手，拉下了麻布，又是一怔。在麻布覆蓋之下，並不是一個人，而是一件人形的物體。正確一點說，那是一隻人形的大箱。或者說得更具體一點，那是一隻恰好可以容下一個人的木箱，木箱的形狀，和一個人體，十分接近，那形狀有點像用來盛放木乃伊的箱子，但比之更像人體。

我這時，心中的疑惑，實在是到了極點。在頗普的住所之中，有着這樣的一個人形木箱，那實在是古怪之極的一件事。

一般來說，由於人類對死亡的不可測和恐懼，凡是和死亡有關的物體，都不會放在居室之中。其中，尤其是棺材，那更使人聯想起死亡，很少有人會在房間的衣櫥之中，放置一具棺材。而如今在這個衣櫥之中的那東西，我雖然稱之為「人物的木箱」，但實際上，那除了是一具棺材之外，不可能是別的東西。

在那一剎間，我心中又是疑惑，又是緊張，因為我只看到了木箱的外面，不知道木箱的裏面，是不是有人，如果有的話，那麼，人一定是個死人，不會是活人！

我將木箱移出了衣櫥，發現木工十分精美，木箱可以齊中打開，我揭開了箱蓋，木箱之中，除了墊着一層布之外，空無一物。

木箱的外形看來已經像是一個人，內部的空間，更是恰好可以容一個人躺下去。那是用整塊大木挖成的，空間是一個凹槽，可以容納一個人。

我呆呆地望着這個木箱，實在想不透頗普要這樣的一隻木箱有什麼用處。

我望了一會，自己向木箱之中躺了下去，發現這個木箱，是為一個比我高出約十公分的人準備的。這個人的手，也比我要長出五公分左右。那是一個相當高大的人，決不會是頗普。

而這隻木箱，也不會是為活人準備的，那麼，是不是為姬娜要處置的那具屍體準備的？

我就立時想到，頗普雖然對我們說了他認識姬娜的經過，但是一定還有許多事隱瞞着未曾告訴我們！

例如這隻木箱，他就一個字也未曾提起過。如果這木箱和姬娜要處理的那具屍體有關，那麼一定是姬娜委托他找木匠做的。這具屍體，會不會就是神父曾經遇見過的那個「上帝的使者」？

我不斷思索着，想找出一個答案來，以至一直躺在那個大木箱之中，忘記起身，直到白素進來，陡地發出了一下驚呼聲，我才坐了起來，看到白素一臉吃驚的神色，瞪着我。

白素一見我坐了起來，她才道：

「你——從什麼地方找到這具棺材？」

我道：「這不是棺材。」

白素有點啼笑皆非：「如果這不是棺材，那麼請告訴我，是什麼？」

我本來想說：「這不過是一個放死人的箱子」，但是繼而一想，放屍體的箱子就是棺材，這是廢話，根本不必說了。所以我道：「我在衣櫥中找到它，真是怪事。」

白素皺着眉，放下了手中買回來的東西，來到了木箱前，合上了箱蓋，看了一會，又將之翻了過來：「你看，這棺材上面，本來應該有雕花，不過還未動手雕刻！」

我循她所指看去，看到她翻了過來的一面，上面尚有鉛筆描出來的圖案，那是一對翼。木箱齊中分開，我一將之移出來之際，就底、面不分，我躺下去的地方，事實上是木箱的蓋，所以我一直沒有發現這點。

而這時，當我看到了那一對用鉛筆描出的翼之際，我便陡地一震，失聲道：「果然，那是為上帝的使者準備的！就是姬娜要處理的那具屍體！」

白素用手指撫摸着木箱蓋上的那對翼：「和米倫太太遺物中的裝飾圖案一樣？」

我道：「是的，完全一樣，那看來是他們的一種徽號，代表着飛行！」

白素苦笑了一下，神情有着極度的惘然：「這是一種什麼樣的飛行？」

我無法回答白素這個問題。我曾在墨西哥的一個火山口之中，進入過米倫先生的太空船，我知道那是極其偉大的宇宙飛行。可是，飛行從哪裏開始？目的地又何在？為什麼米倫太太以為回到了原來出發的地方，可是她卻又迷失了？

在我思緒極度紊亂之際，白素又道：「這是姬娜要頗普製造的？」

我點頭道：「看來是這樣。」

白素搖了搖頭：「頗普還有很多事瞞着我們！」

我有點憤怒：「這可惡的禿子！」

白素道：「別責怪他，他已經告訴了我們許多，再加上這具棺材，我們了解的事情更多了！我們現在至少可以肯定，在這十年來，姬娜一定並不孤獨，她和一個人在一起，這個人，可能和米倫太太一樣，迷失在不可測的宇宙飛行之中！」

我「嗯」地一聲：「這個人，最近死了！」

白素吸了一口氣：「當然是，不然，姬娜不會離開這裏！」

我揮着手：「她住在什麼地方？為什麼我們花了一個月的時間去搜索，一點結果也沒有呢？」

白素對任何事都不失望，她道：「我們也不算是沒有成績，至少已找到了一隻空桶，可以從這空桶之中肯定很多事！」

我悶哼了一聲：「一隻空桶，一具空的棺材，要是再找不到姬娜，我想我會發瘋！」

白素笑着：「我剛才在市場上，學會了印地安人辣煎餅的做法，你要不要試一試？」

我沒好氣地道：「隨便什麼，我只要天快點黑！」白素拿着她買回來的東西走了出來，去弄她所謂的「辣煎餅」了。

我坐了下來，將這些日子來所發生的一切，整理了一下，我發現如果不見到姬娜，一切疑團，都解決不了。

白素煮出來的「辣煎餅」可能很可口，可是我卻食而不知其味，只是心急地等着天黑。

天終於黑了下來，在天黑之前，我特意在店門口做了一番功夫，使得雜貨店看來，不像是已經人去樓空。然後，我就在店堂中等着，等姬娜的出現。

時間慢慢過去，四周圍靜到了極點，我敢打賭，只要有人在離店舖二百公尺外走過，我就可以聽到他的腳步聲。可是入黑之後，簡直連走動的人都沒有。

上半夜，白素陪着我。等到午夜之後，她打了一個呵欠，説道：「或許會遲一兩天，我不等了！」

她回到頗普的房間去，我繼續等。

一直等到天亮，我才死了心，由門縫中向外望出去，街上已經有了行人，看來姬娜不會來了！

我苦笑着，走向頗普的房間，白素醒了過來，我沮喪得什麼也不想説，倒頭就睡。

第二天晚上，天一黑，我在店堂中為自己準備了一個相當舒服的，可以躺下來的地方。反正我白天已經睡夠了。和昨晚一樣過了午夜不久，白素向我作了一個無可奈何的手勢，又自顧自去睡了。我獨自一個人留在店堂中，留意着最低微的聲音。

頗普只説姬娜每次出現，總是在深夜，並沒有説確切是在什麼時候。事實上，這樣一個小地方的人，也不會有什麼時間觀念。既然是深夜，那麼在過了午夜之後，就應該加倍注意。

一直等到清晨二時左右，我突然聽到一陣「胡胡」的聲響，打破了極度的寂靜。那種聲響，聽來十分均勻，如果是一個在熟睡中的人，決不會被這種聲響吵醒。可是我一聽得這種聲響，就立即跳了起來。

那種聲響，顯然地由遠而近地傳來，而且來勢好快，我一聽到有聲音就跳了起來，而一到我站定身子，聲響已到了近前，而且，消失了！

我呆了一呆，在我還決不定應該如何做才好時，就聽到有腳步聲傳了過來。腳步聲極輕，如果不是四周圍如此寂靜而我又在全神貫注留意聲音的話，根本聽不出來。

一聽到有腳步聲，我更加緊張，立時向門口走去，我離店堂的門口，還不到五步，可是我走得太急了，跨到了第三步，就絆倒了一隻該死的木箱，發生了一下巨大的聲響來。

我跨過了倒下的木箱，繼續來到門口，然後就着門縫，向外面望去。

這一晚的月色普通，外面街道上，並不是十分明亮，但是白色的石板有着反光作用，也已經足夠使我可以看到姬娜了！

姬娜站在離店門口約莫十多公尺外，望着店門，現出一腔疑惑的神情，沒有再向前走。

我立時知道她為什麼不再向前走來的原因了，她一定是聽到了自店堂中發出的那一下木箱倒下時的聲響，而在疑惑究竟發生了什麼事！

我已經看到了姬娜，當然長大了，而且，極其美麗，足以使看到過一眼的人，就留下深刻的印象。在她的身上，我幾乎全然找不到當年那個小孩子的影子，但是我可以肯定她是姬娜。

她在猶豫着，像是決不定是不是應該繼續向前走來，我極其緊張地望着，等了片刻，看到她仍然決不定，我心急，一伸手，推開了門。

在那一剎間，我未曾估計到姬娜根本不知道我到了帕修斯，會在她常來的雜貨鋪中等她！在她而言，當我一推開門，現身出來之際，她看到的是一個陌生人！而她揀深夜來見頗普，當然絕不想有任何其他人知道她行蹤，在這樣的情形下，她陡然見到了一個陌生人，會有什麼樣的結果，實在可想而知！

當然，這一切全是我事後分析的結果。當時我全然未曾想到這一點，只是唯恐姬娜不向店堂中走來，所以冒冒失失推開門，想叫她過來。

我才一推開門，看到姬娜陡地震動了一下，發出了一下低呼聲，還未及等我開口叫她，她已經疾轉過身，向前奔了出去。

一看到她向外奔去，我也發了急，拔腳便追。

我在追趕她的時候，如果立時發聲呼叫，相信我甚至不必報出自己的名字，只要叫出她的名字，她就一定會知道叫她的是她以前認識的人，而會停下來的。

可是，我卻未曾想到這一點。我只是想到，我和她之間的距離不是太遠，而我一定奔得比她快，一定可以立即追上她的。

的確，我在不到半分鐘內，就追上了她，她奔過了街角，我就追了上去，已經離她不過三公尺了。在街角的空地上，停着一輛樣子十分奇特的車子，我從來也未曾見過這樣的車子。整輛車子的形狀，有點像一艘獨木舟，姬娜一躍進了那輛車子，我根本未及看到她如何發動車子。

當她躍進那一輛車子之際，我伸手抓向她，已經碰到了她的衣服。然而就差那麼一點，她已經上了車子，我直到這時，才想起我應該叫她，可是我才一張口，「胡」地一聲響，一團熱氣，直噴了過來，那輛車子，竟立時騰空而起。

那團迎面噴來的氣，灼熱如火，使得我張大了口，一點聲音也發不出來，而那輛車子（那當然不是車子）騰空而起的速度又極快，我心中一發急，一伸手，在那車子已到了我頭頂之際，抓住了車子上的一個突出物體，那突出物體，我也不知道有什麼用，它只有二十公分長，略呈彎曲形，可以供我抓住它。

我的手才抓住了那東西，雙腳便已經懸空，「車子」正在迅速升高。

直到這時，我才發現，我抓住的那東西，是一根噴氣管，灼熱的氣體，就從那管子中噴出來，噴向我的頭髮，而我在略為觀察了一下之後，發現除了抓住那根管子之外，沒有別的地方，可以供我的身子附着在這輛車子之上。自然，我可以鬆開手，只要我不怕自三百公尺的高空跌下去的話！

「車子」在升高了約莫三百公尺之後，發出均勻的「胡胡」聲，向前迅速地飛行着，而我則吊在半空，勁風和熱氣，撲面而來，令得我全然無法出聲。

從那管子噴出來的熱氣十分灼熱，幸而那根管子並不太熱，還可以抓住。可是我的處境，可以說糟糕之至。

那根管子只不過二十公分長，要不是它略呈彎曲，我可能根本抓不住。但就算抓住了，要憑它來支持整個人的體重，手心不斷出汗，也是危險得很，我只好雙手緊抓住那根管子。

「車子」的飛行速度快得出奇，轉眼之間，便已經離開了帕修斯的市區，向下面看去，已經全是莽莽蒼蒼的原始森林了！

我幾次想大聲呼叫，但是每當我一張口，大團熱氣直噴了過來，幾乎連氣也難透，根本無法出聲。

約莫在五分鐘之後，我實在不知道自己是如何支持了這五分鐘的，我才看到，姬娜自車子之中，探出頭，向我望來。

她的神情，仍是十分驚惶，當她看到我吊在車外的情形之際，更是吃驚。她望着我，在驚惶之中，她顯然未曾認出我來，大聲道：「你答應不再追我，我降低，放你下去！」

我又想和她講話，可是一開口，熱氣又噴進了口，我只好搖頭，表示我一定要見她。

姬娜又急又驚：「你……會跌下去摔死！」

我仍然不斷搖着頭，姬娜又道：「我不想你死，可是我不能冒險，你是什麼人？為什麼要這樣多管閒事？你答應不追我，我放你下去！」

直到這時，我才暗罵了自己千百句蠢！我何必拚命搖頭？我只要點頭，表示答應姬娜的要求，等她放我下去時，我就可以有機會說明白了！

是以，我立時連連點頭，姬娜的神情，像是鬆了一口氣，又道：「你發誓？」

我又連連點頭，姬娜的上半身縮了回去，「車子」開始向下降落。

「車子」直上直下，當它向下降落之際，我留意到，下面是極其茂密的森林。不一會，車子離森林的上空，已只有三四公尺了。

這時，姬娜又探出身子來，大聲道：「你跳下去！落在樹上，只要小心，不會受傷，而且可以爬下去！只當沒有見過我！」

我不禁大是發怒，我和她相隔極近，她講的話，我每一個字都聽得清清楚楚，可是自那管子噴出來的熱氣，卻令得我根本無法開口告訴她我是什麼人！

我當然不肯就這樣跳下去，雖然我此際只要一鬆手，就可以落在樹頂上，也可以爬下樹去，但是天知道，我只要一鬆手，是不是還有機會見得到她！

我拚命搖着頭，而且盡我一切可能，運動着臉部的肌肉，做出種種的表情，希望她明白我不是什麼好奇心強，想探明她來歷的人，我是衛斯理！

直到此際，我才知道語言是多麼有用。「衛斯理」三個字，任何人，只要能講話，就可以輕而易舉將之講出來。可是，你試試在臉上做表情，要去表達這三個字！

姬娜顯得很憤怒，她道：「你自己不肯鬆手，我一樣可以令你跌下去，不過，你可能受傷！」

我繼續努力想表達自己，可是這時，「車子」陡地又下降了一些。

「車子」一下降，我的雙腳，立時碰到了樹枝。雙腳碰到了樹枝還不打緊，在拖了不到十公尺之後，樹枝勾住了我的褲腳。

那被我用來抓住的管子，十分光滑，在將近二十分鐘之中，我一直抓住它，上面已全是手汗，本來就已經不怎麼抓得住的了，褲腳再一被樹枝勾住，手一滑，便離開了那根管子。

手一離開了那根管子之後，我直向下跌去。同時也擺脫了迎面噴來的熱氣，可以出聲，在那一剎之間，陡地大叫了一聲：「姬娜！」

我叫了一聲之後，人陷進了濃密的樹枝之中，樹枝在我的臉上擦過，當我抓住了樹枝，好不容易掙扎着，找到了踏足點，將頭探出樹葉來之際，姬娜和她的「車子」早已蹤影不見了！我在樹頂，呆了片刻，一時之間，實在不知如何才好，從我打開店門到如今，只不過半小時左右，可是事情的變化，竟是如此之大！

第八部

犯錯鑄成大恨

本來，我可以在店舖中，等姬娜拍門，讓她進來，可是如今，我卻在原始森林的樹頂之上！

依白素的說法，什麼事都不是沒有收穫，如今我雖然狼狽之至，但也不能說沒有收穫。至少，我知道為什麼找不到姬娜的原因了！

我們曾在原始森林之中，用所謂「蜜蜂的尋找方法」找了將近一個月，自以為已經搜索得相當徹底。可是姬娜「飛車」的速度，一分鐘的飛行，我們可能要走上好幾天！

我決定在夜間不採取任何行動。夜間在森林之中，爬上樹最安全，所以我在一根粗大的樹枝上，半躺了下來，等候天亮。

這時，我首先想到的是，白素一醒來，發現我不知所終，她會怎麼樣？只怕不論她如何設想，也想不到我是吊在半空中離開的！

這一晚，我不知道在心中對自己罵了多少次「笨蛋」，好好的事情，全叫我弄糟了！現在，不知道上哪裏找姬娜才好。而事實上，我連自己身在何處也不知道，是不是能夠回到帕修斯，都有問題，情形糟透了！

當我在樹上三小時之後，我才漸漸平靜了下來，嘗試用白素的處世方法，白素總是在事情最困難和最糟糕的時候，找出樂觀的一方面來。我鎮定了下來，仔細想了一想，來尋找事情好的一面。

首先，我想到了姬娜的那輛「飛車」。這絕對是一輛先進科學的產品。我甚至可以斷定，地球上不會有這樣起飛快速，飛行平穩而速度又如此之高的交通工具。

姬娜對操縱這輛「飛車」，顯然十分熟練，這輛飛車，自然是屬於神父口中「上帝使者」的東西。

「上帝使者」，依據我的推測，和米倫太太一樣，來自不可測的一處所在，而這個所在的一切，要比如今地球人類進步得多，所以，有這樣的一架「飛車」。

從這一點引伸開去，我以前的推測也是對的，我推測姬娜在這十年來，一直和「使者」在一起，而且，居住在一艘太空船之中。「飛車」自太空船中飛出來的，她如今，又回太空船去了！

今晚的遭遇雖然糟糕，但至少已經在某種程度上，證明了我的推測正確。

我苦笑着，向天空看去，天邊已經現出了一抹魚肚白色，天快亮了。

天亮之後，我該怎麼辦？是覓路回帕修斯去，還是發一發狠勁，向着「飛車」飛走的方向前進，去尋找姬娜？我在考慮，在毫無準備的情況下，能夠在原始森林之中生存多久？

正當我在這樣想着的時候，我突然聽到，在眾多雀鳥的鳴叫聲中，我所熟悉的那種「胡胡」聲，又傳了過來。

我心頭狂跳，立即循聲望去，直到這時，在微曦之中，我才看清了那艘「飛車」，呈一種可愛的銀白色。陽光照射銀白色的車身，反映出一種極其柔和，令人心曠神怡的光輝。而這時，我心中的高興，也難以形容！

飛車回來了！姬娜在找我！過去的幾小時，我陷入極度的失望之中，可是飛車一出現，我沮喪的情緒已一掃而空。

我覺察到「飛車」來到臨近之後，降低了高度，在迅速地打着圈，我立時攀着樹枝，使自己的身子，冒出濃密的枝葉，雙手揮舞，大聲叫嚷起來。

我的動作，很快就引起了注意，飛車向我飛過來，在我頭頂不到十公尺處，停了一停。我仰着頭，看到姬娜自車中探出上半身來，向下指了一指，和我作了一個手勢。接着，飛車又向前飛了出去，飛出不遠之後，再降低，隱沒在林木之中。

我完全明白姬娜的意思，她要我下樹，到她降落的地方去，和她會合。

飛車隱沒在濃密的枝葉處，離我存身之處並不遠。這時，我心中的高興，實在難以言喻，我忍不住發出一連串的歡呼聲，一面叫着，一面迅速地自存身的大樹之上，向下落去。

當我越過了許多樹枝，來到大樹的樹幹上，雙手抱住了樹幹下落，離地大約只有三四公尺的光景之際，我只消雙手略鬆，就可以直滑下去了。

可是也就在此際，在我左面突然傳來了一下隆然巨響。這一下巨響，和一陣耀目迸發的火光，一起發生。

火光和巨響，毫無疑問，那是一下極其猛烈的爆炸！

爆炸的火光和聲響傳來之處，就是姬娜在幾秒鐘前，飛車下沉，降落的所在！

一輛「飛車」降落，發生了這樣猛烈的爆炸，那麼究竟發生了什麼事，可想而知！一時之間，我雙手抱緊了樹幹，不知道如何是好。

就在那一剎間，就在第一聲爆炸聲之後約莫三五秒鐘，我又看到了一大團火花，那團火光是如此奪目，發出的光芒，近乎一種奇異的青綠色，而且，閃耀着一種異常強烈的閃光，火團才一升起，又是一下爆炸聲。

那一下爆炸聲，更令得我心頭震動，以至我雙手不由自主一鬆，整個人，自樹上向下，直跌了下來，還好地上的落葉積得相當厚，我雖然是在極度驚惶失措的情形之下落下來，倒並沒有受什麼傷。

我立時一躍而起，也顧不得由於我的突然下墜而被驚得四下亂竄的好幾條各種各樣的蛇。我一躍之後，立時向前衝去，高叫道：「姬娜！」

當我向前奔去之際，並沒有第三下爆炸，耀目的火光也不再出現，只是在前面，起了一股濃煙。

森林中的林木，生長得十分茂密，我估計冒出濃煙的所在，離我不會超過一百公尺，可是我腳高腳低，撥開自樹上掛下來，阻住去路的藤蔓，跨過腳下盤虬的老樹根。由於實在心慌意亂，還跌了好幾次跤，等到我來到了幾株大樹之間的一小塊空地之際，我呆住了！

我看到了是什麼發生爆炸，不出我所料，是那輛「飛車」！這輛「飛車」的尾部，這時還在冒黑煙，整個車身，呈現着一種灼熱的光，車身實際上已裂了開來，有許多閃耀着奇異光芒的金屬片，散落在四周圍，而這些金屬片上的光芒，正在迅速地暗淡了下去。

「飛車」在降落時失事！

我同時也看到了姬娜，姬娜臉向下，伏在離飛車主要的殘骸，約莫三公尺處，一動也不動。

我看到了這樣的情景，全身的血液，像是凝結了，一動也不能動。我相信我只是呆立了極短的時間，便大叫着，向前奔了過去，到了姬娜的身邊，俯下身來，大叫着，伸手將姬娜翻了過來。

姬娜的臉色，白得可怕，奇怪的是她身上看來竟像是一點也沒有受傷，因為我看不到任何血迹。我在那一剎間，心中還存着希望，希望姬娜是被震昏了過去，並沒有受什麼傷。我扶起姬娜的頭來，拍着她的臉頰。姬娜立時張開眼來，向我望着。

看來她的神態，十分疲倦，自她蒼白的臉上，現出了一個笑容。從她的這個笑容來看，她顯然已經認出我是什麼人了！

接着，她的口唇顫動，像是想説話，可是卻沒有聲音發出來。

我忙道：「別急，你可能受了震盪，別急，你覺得怎麼樣？」

姬娜的口唇仍劇烈地抖動着，看來她真是急於想告訴我什麼事，但是她卻始終沒有多發出聲音來。她掙扎着，伸手向前指。

當她伸手向前指出之際，手指開始是不堅定的，像是不知該指向哪一個方向才好，但接着，在手指略為移動了一下之後，就堅定地指向一個方向，同時，以十分焦切的目光望着我。

我忙道：「我明白你的意思，這些年來，你在這裏居住！」

姬娜點點頭，當她點頭點頭到第三下之際，突然長長地吁了一口氣。

本來，我是托住了她的後腦的，當她長長地吁了一口氣之後，她的頭突然向旁一滑，滑開了我的手掌，向一旁垂了下去。

我陡地大叫了一聲。我的大叫，實在一點意義也沒有，只不過是極度震駭之下的一種自然反應。我一面叫着，一面立時再扶住了她的頭，將她側向一邊的頭，扳了過來。

姬娜的臉色，依然是那麼蒼白，她的雙眼，也一樣睜得很大。可是任何人一眼就可以看出來：姬娜死了！

我伸手去探她的鼻息，發覺已經沒有了呼吸。可是我還是不願意承認那是事實，我不斷地替她做人工呼吸，又用力敲擊她的心口，每隔半分鐘，便俯身去傾聽，希望可以聽到她的心跳聲。

我不知道自己忙了多久，當我終於放棄，挺直僵硬、酸痛的身子，發覺透過濃密的林葉射進森林中的陽光所形成的光柱，已經是筆直的，而不是傾斜的了！那也就是說，已經是正午了！

我怔怔地望着姬娜的屍體，緩緩轉過身，叫着，奔向身邊的一株大樹，一拳一拳向樹上打着。我根本不知道自己這樣做是為了什麼，可是我卻必須這樣做，以宣泄我心中的懊恨和悲傷。

事情竟是從哪裏開始，以至演變到如今這樣糟糕局面的？從我要尋找姬娜開始？我要找姬娜，那並沒有錯，她既然將這樣一疊古怪的文稿寄給了我，我當然要弄明白這批文稿的內容，唯一的辦法，也只有找到她才行，那並沒有錯。

可是，總有什麼地方犯了錯誤！

我思緒亂得全然無法控制。突然之間，我想到了，我所犯的最大錯誤，是我低估了雜貨店老闆頗普的恐懼！

頗普對於神秘的、在深夜出沒的姬娜，懷着極度的敬意，也有極度的恐懼。當我和白素訪問他，他忍不住講出了一部分有關姬娜的秘密之後，心中的恐懼更甚，害怕姬娜會向他報復，所以，隔不幾天就溜走了！

而在頗普離開之後，事情就開始一步一步愈來愈糟糕。

以後的事情，有些是被我弄糟的，我突然在雜貨店門口出現，姬娜一時之間未曾將我認出來，嚇得她立時逃走，而我雖然及時抓住了「飛車」上的一根管子，可是卻偏偏無法開口！

當我被迫要跌下來之際，我才開口叫了她一聲。我相信，姬娜在離去之後，再度回來找我，一定是她聽到了我這一聲叫喚。

一個能叫出她名字的中國人，除了我之外，不可能有第二個！所以她才又飛回來找我。

本來，我們可以見面，許多許多問題，在我和她見面之後，都可以解決，可是她卻在降落時，突然出事！

我不知道出事的經過和原因，在外表看來，姬娜沒有傷痕，一定是劇烈的震盪使她受了內傷，以至她連講一句話的機會都沒有，就這樣死了！

這一切，陰差陽錯，如果不是我那樣舉止失措，不夠鎮定，我們根本可以在頗普的雜貨店中相會！

當我想到這裏之際，我心中更是感到一陣難以形容的絞痛！

一直過了好久，射進林子的陽光柱，又已開始斜了，我才漸漸鎮定下來。

我一生中，經歷過許多突如其來的變故，可是像如今那樣的劇變，卻也還是第一遭。雖然說定下神來，可是仍然不知道該如何才好。我只是想到，我這樣自怨自艾，一點用也沒有。可是，什麼又有用呢？姬娜已經死了！

我懊喪自己根本不應該到圭亞那來，就讓那一大疊奇異文字寫成的文稿永遠成為謎團好了，那又有什麼關係呢？至少，比現在要好得多了！

事情會在一剎之間，演變成這個樣子，那真是我事前絕對想不到的！

我又嘆了一會，慢慢地走向姬娜，我必須先處理她的屍體。

若是任由她的屍體留在森林中，那麼，只要一夜，她的遺體，就會成為毒蛇、猛獸的食糧，雖然說人死了，什麼也沒有分別，但是我卻不想那樣。

我必須將姬娜的屍體，帶回她的「住所」去！直到這時，我才又想起，姬娜在臨死之前，曾經堅決地向一個方向指了一指。那個方向，是在西南方。而我曾問她，她是不是這些年來一直住在那裏時，她又曾點頭。

我抬頭向西南方看去，身在濃密的原始森林之中，向前看過去，除了樹木和樹身上掛下來的藤蔓，根本看不到別的東西。

我沒有交通工具，一個人要在這種蠻荒地方行進，已經十分困難，再要加上一具屍體，我實在不能想像我是否有能力到達那個不可測的目的地！姬娜臨死之前，只不過是伸手一指，指出了一個方向，可並沒有指出距離。那一指，可能近在咫尺，也有可能在一千公里之外！

我再定了定神，走向那架「飛車」的殘骸，看看是不是有什麼可供利用的東西。

車身早已停止了冒煙，除了許多碎片之外，還剩下了斷成兩截的主要部分。

我發覺車身斷裂部分的金屬片，依然是那種耀目的銀白色，而且斷口的邊緣，十分鋒利。我先扳下了狹長的一條來，這狹長的一條金屬片，看來像是一柄利刃，可以供我在森林中開路和自衛之用。

車身的後半截，在捲裂的金屬片之中，是許多散亂了的，我全然不知用途的機械裝置。我試圖去弄明白這些機械裝置的作用，徒勞無功。

我又去注意車身的前半截，整個「車身」，是橄欖形的，樣子像是一艘流線型的小快艇。在車身的前半截，有着兩個並排的座位。座位的柔軟部分，已經完全毀於高熱，但是金屬架還在。

我立時動手，拆下了其中一個，搬了出來，拖起姬娜的屍體，放在座椅形的金屬架上。那樣，我可以用一條籐來拖着走，比較省力。當我放好了姬娜，我再去留意車身的前半截部分。在並排的兩個座椅之前，是許多儀表。那當然是「飛車」的控制部分。

我發現其中有不少儀表的損壞程度，並不十分嚴重，就試着按下一些掣，或是旋轉着它們，到我按到了其中一個淺黃色的掣時，一旁的一個熒光屏，突然亮了起來，在那二十公分的熒光屏上，我看到了許多閃耀不定的線條。

這些線條，或許代表着什麼，但在我看來卻毫無意義。我看了一會，由得這些雜亂的線條閃動着，再去觸摸其他掣鈕，在旋轉一枚深黃色的掣鈕之際，我發現熒光屏中的線條在轉變，變成了一個一個的半圓。如果那是一具示波儀，那麼，這種半圓形波浪式的波形，是正弦波。

這具附有熒光屏的儀器，本來可能是一具通訊儀，它顯然已經損壞了。

我渴望試圖在熒光屏上得到一點什麼，可是花了相當的時間，一點結果也沒有。在這期間，我又發現了在儀表板的右下方，有一個鐵箱子。那鐵箱子和整個「飛車」，卻顯得格格不入，而且，那種金屬，我十分熟悉，那是普通的不鏽鋼。

這隻鐵箱子，顯然並不屬於飛車原來的設備。

鐵箱的蓋子上着鎖，我設法將之撬了開來，箱蓋一撬開，我就忍不住叫了一聲。鐵箱中是一副無線電通訊儀，在這具通訊儀之下，還有一個小小的商標牌，商標牌上，是一個我熟悉的廠家的名字。

這真出乎我意料之外，略為檢視了一下，就發現那是一副性能十分優異的無線電通訊儀，而且，對於操作這樣的通訊儀，我也並不陌生，有一個時期，我曾經熱中於業餘的無線電通訊，用過和這具通訊儀相類似的儀器。我有了這個發現，心中暗暗希望它沒有損壞，我先按下掣，然後，拉出了耳機，塞在耳中。我立時聽到了一些雜亂的聲音。

那種雜亂的聲音，相當微弱，但也很有規律，其中有一種「得得」聲，大約每一秒鐘，就響上一次。我不知道那是什麼意思。

然後，我又小心地旋轉着另一掣鈕，改變着頻率，不一會，就聽到了一陣拉丁音樂，那不知道是哪一個電台的廣播。

這時，我的心中十分緊張。因為我在這裏，發生了一些什麼事，身在帕修斯的白素，完全不知道。而我的面前，是一具性能優良的無線電通訊儀。當然，我絕對無法和白素直接通話，但是我卻有希望聯絡到業餘無線電通訊者，可以通過他們，設法轉告白素。

我慢慢地旋轉着掣鈕，在十多分鐘之後，我聽到了兩個人的對話聲，一個道：「我這裏正在下雪，雪積得很深，我一定要多準備些柴火來取暖了！」另一個則道：「雪？我從來也沒有看到過！」

一聽到這樣的對話，我就知道是兩個業餘無線電通訊者在對話，我忙道：「對不起，打斷你們，我有要緊的事！」

那在對話的兩個人停了一下，然後，其中一個歡呼道：「有第三者了，歡迎介入！」

我忙道：「我不是來參加通訊的，請問，你們兩位，在什麼地方？我需要緊急援助！」

歡呼的那一個道：「我在比魯的山腰，我們這裏正在下雪，你在什麼地方？」

我苦笑了一下：「你離我太遠了，還有一位，請問在什麼地方？」

那一個說道：「我是聖保羅市的一個中學教員，你在什麼地方？」

我嘆了一口氣，道：「我在法屬圭亞那，距離帕修斯市不知道多遠的一處叢林之中！」

那兩人同時叫了起來：「能幫你什麼？」

我道：「我要請巴西的朋友幫忙，我叫衛斯理，請你記下我的名字，用無線電通知駐貴國的國際刑警總部。」

那中學教員答應着：「你是一個大人物？」

我道：「不是，可是他們知道我的名字，在通知了他們之後，你要他們轉告在法屬圭亞那，帕修斯的我的妻子白素，告訴她，我在——」

那中學教員叫道：「等一等，可太複雜了，我用錄音機錄下來。」

我等了半分鐘，心中極其焦急，因為這種通訊，隨時可以因種種干擾而中斷。

總算在停了片刻之後，我又聽到了他的聲音，我忙道：「請你告訴他們，轉告我的妻子，我在帕修斯附近的叢林之中，不知自己身在何處，但是我必須向西南進發。而最重要的一句話是：姬娜死了！」

兩個人同時叫了起來：「究竟發生了什麼事？」

我道：「我無法向你們解釋，只要求轉達我的話。」

那中學教員道：「我一定盡力！」

我吁了一口氣，在事情最糟糕的情形下，可以讓白素知道我的下落，那是一件好事。

我同時也想到，在我從事不可測的征途，去尋找姬娜的「住所」之際，這具無線電通訊儀可能有用，所以我將它拆下來。

可是，當我移開那隻鐵箱子之際，卻拉斷了一根極細的金屬絲。那根金屬絲一斷，電源就切斷了！

這又使我頹然，只好放棄原來的念頭。在樹上拉下了一條籐，繫在金屬架上，並且將姬娜的屍體綁緊。看了看時間，已經將近下午四時了。大約兩小時之後，天色就會黑下來。天黑之後，我無法在叢林中前進，如今出發，還可以利用這兩小時。

我將樹籐負在肩上，像是縴夫一樣，拉着金屬架，向西南方向走去。行進的困難可想而知，我不想多費筆墨來形容我路上遭遇的困難，在接下來的十天之中，我是一個與世隔絕的野人，拉着一具屍體，天一黑，就上樹休息，天一亮，就繼續向西南方向走。

其實，我早在第五天起，就應該放棄姬娜的屍體了！可是我卻固執地仍然拖着她的屍體在叢林中行進。那情形極其駭人。我早應該放棄屍體的原因，其實很簡單，任何屍體，即使美麗如姬娜，在若干時日之後，必然會變壞。而我固執地不肯放棄，是因為心中對姬娜的死，感到內疚，想為她做點什麼。如今我所能為她做的，似乎只有努力將她的屍體帶回她的住所去。

可是到了第十天，我無法不放棄了。

我在一株大樹之下，掘了一個洞，埋葬了她，並且做了一個記號，而我則繼續前進。

到了第十三天，我走出了叢林，在我的面前，是一條相當寬闊的河流，河流的對面，是高山峻嶺。

在過去的十餘天，我一直在向着西南方向走，我未曾想到在面前，會有一條河流阻住去路。

河水看來十分平靜，我估計如果游泳過去的話，不到半小時就可以過河。但是任何人，除非是無知，否則決計不敢在南美洲的河水中游泳。南美洲的河流之中，至少有六種以上，成群結隊而來，能使一頭野牛在三分鐘內變為白骨的食人魚！

我在河邊停留了片刻，運用那片金屬片，砍着樹枝，花了一整天時間，編成了一個筏，估計可以仗以過河，我站在筏上，用自製的槳划着筏，向對岸進發。

渡河相當順利，過了河之後，當天晚上，已經來到了山腳下。

而到了山腳下之後，我躊躇了起來。

我全然不知自己是在什麼地方，過去的十幾天，我只是一直向西南走。在平地上，依循一個方向向前走，還不成問題。可是，在山中，怎樣能依循一個方向向前進呢？

我在山腳下躺了下來，不知道該如何才好。四周圍靜到了極點，就在寂靜之中，我聽到了一陣鼓聲，隱隱約約地傳了過來。

我站了起來。當我看到了這座山脈之際，我已經想到，我推測中的太空船，一定就在那座山中某一處，可是茫無頭緒地尋找，不會有任何結果。我也想到過，當地如果有土人的話，或者可以問出一點線索來，可是偏偏十多天來，一個人也沒有遇到。

而這時，我聽到了鼓聲，鼓聲自山中傳出來，山裏有人居住！這使我大為興奮，我忙循着鼓聲向前走，鼓聲斷續傳來，到天色完全黑下來時，我已可以看到對面山腰處，傳來火光。

我加快腳步，向前走，鼓聲一直在持續着。而當我開始可以更清楚地聽到鼓聲之際，我不禁呆住了！

最初，我一聽到鼓聲之際，我就試圖弄清楚鼓聲的涵義。因為所有蠻荒土人，都用鼓聲作為通訊的語言，不同的鼓聲，代表着不同的意義。西藏的康巴族人，甚至擁有一套完整的「鼓語」。

可是，我一直未能弄清楚斷續聽到的鼓聲的含義，而這時，當我可以更清楚地聽到鼓聲之際，我發現鼓聲或長或短，那簡直是電報密碼！

那是不可能的，即使是最普通的摩氏密碼，這樣與世隔絕的圭亞那腹地中的土人，也不會懂得使用的！

然而，當我停下來，再仔細傾聽之際，發現自己並沒有弄錯，那是摩氏電碼，而且，我已經聽出了，鼓聲在不斷重複着四個字：「我在這裏！」

老天！那是白素！

那一定是白素！在巴西的那個業餘無線電通訊者已經設法代我通知了她，而她趕在我的前面，已經到了前面的那座山中！

她當然是利用了先進的交通工具前來的，根據我說的方向，來到了那座山脈中，她自然也是在到了山中之後，不知道怎麼走才好，所以才停了下來。

白素也料到我一定還未曾到達，所以才利用了鼓聲，告訴我她在山中！

這些日子來，由於姬娜的猝然死亡，我的心情，真是沮喪到了極點，每天，除了向着固定的方向前進之外，腦中一片混沌，不知道自己在想些什麼，我之所以這樣固執地，要依靠步行，在沒有任何裝備的情形下，向着姬娜臨死之際指出的方向走着，全然是為了心中的內疚，彷彿我自己在原始森林中多受一分苦，就可以使我心中的內疚減輕一分。

在這樣的情形下，雖然我目前只不過聽到了鼓聲，並不是聽到了白素的聲音，但是我既然可以肯定那是白素，她在前面等我，我心中的興奮，實在是難以形容，一面不可遏制地淚如泉湧，一面我大聲呼叫。

我大聲呼叫，當然沒有作用，鼓聲自山中傳來，不知有多麼遠，白素不會聽到我的叫聲。但是我還是不斷叫着，不但叫，而且向前狂奔，像是只要奔上片刻，就可以見到她。

我奔了足足有一小時之久，到了一條小河旁，筋疲力盡地倒在河邊，身子向前略為滾動了一下，肯定了那條小河中不會有什麼危險的生物，將頭浸在水中，大口地喝着水。

等到喝飽了水，抬起頭來，打量一下四周圍的形勢，我已經到了山腳下，大約再有一小時的途程，就可以進入山區的範圍。

鼓聲還在傳來，由於隔得近了，聽來也更清晰，仍然是「我在這裏」的密碼。我挺直了身子，直到此際，我才發覺自己是多麼可怕，頭髮蓬鬆，滿面鬍子，看來簡直是一個野人。

我伸手抹乾了臉上的水，正準備再向前走去之際，突然看到，在前面的山上，升起了一架小型的直升機，那架直升機升起之後，略一盤旋，就向着我飛了過來。

久在蠻荒之中，陡地看到了文明的產物，而那直升機又極可能是來找我的，心中自然更興奮，我脫下了已被森林中的荊棘勾得破爛不堪的上衣，揮舞着，一面不斷地跳躍。

不到五分鐘，我就看到直升機向着我直飛過來，顯然是直升機的駕駛者已經發現了我。直到這時，我才發覺自己是多麼疲倦，我在河邊的草地上，頹然倒下來，攤成一個「大」字，四肢百骸，像是一起要散了開來。

自直升機上望下來，我這樣躺着，自然是最好的目標，不多久，直升機便盤旋着，在離我身邊不遠處降落。

等到直升機停定，我才坐起身來。看到白素自機上跳了下來，向着我直奔了過來，她來到我的身前，我欠身，拉住了白素的手，令得她和我一起滾跌在草地上，我們互相望着對方，一時之間，實在不知說什麼才好。

過了好久，白素才取出了一小瓶酒來，掀開瓶蓋，遞了給我。

在這樣的情形下，我的確需要酒，我一大口一大口，三口就吞完了這一小瓶酒，然後，我長長地吁了一口氣，將空酒瓶遠遠地拋了開去：「我們又在一起了，我們又在一起了！」

白素見到了我，當然也極其歡喜，但是她卻並沒有像我那樣激動，只是道：「這也不是第一次了，看來，一定發生了什麼不尋常的事？」

我的心又向下沉去，慢慢地走向河邊，望着流水，白素跟在我的後面，我嘆了一聲：「姬娜死了！」

白素陡地一怔，用一種十分疑惑的神情望着我：「那天晚上，聽到外面有點聲響，起來看，只看到店堂的門開着，你已經不見了。姬娜是不是曾經來過？」

我點了點頭，從白素的神情上，我看出她急於想知道事情發生的經過。但是整件悲慘的事，由於我的「失誤」而造成，再叫我從頭至尾講一次，實在需要極大的勇氣才行。

第九部

雙眼流露深切悲哀的外星人

但是我還是非講不可。猶豫了一下之後，我道：「還是你先說，你是怎麼來的？」

白素道：「巴西警方通知了法國的國際刑警總部，再轉知圭亞那方面。他們借給了我一架直升飛機，給了我一幅地圖，我根本不知道你在什麼地方，只是根據口訊，向西南方向飛，在山中找到了一個降落的所在。」

我陡地抬起頭來，那一陣陣的鼓聲，還自山中傳來，我道：「有人和你一起來？」

白素道：「沒有，那是我預先製造成的錄音帶。我紮營的地方很不錯，有一道瀑布，你或者到了營地，再和我詳細說？」

我想了一會：「我可以一面去，一面對你說！」

白素並沒有催我，我們一起走向直升機，那是一架小型軍用直升機，相當舊。但儘管舊，在這種蠻荒地方，用處可大得很。人步行，要花上三天五天的途程，它可以在半小時就達到目的地。

白素駕着機，一起飛，我就開始講述那天晚上所發生的事。我講得十分詳細，白素如同往常一樣，只是默默地聽。

等到我講完，直升機也降落在一個小小的山谷之中。那山谷四面環山，有一道相當大的瀑布，直瀉而下，注進一道異常湍急的山溪之中，蜿蜒向外流出。山谷之中，全是奇花異草，美麗如同仙境。

在我講完之後，白素望了我半晌，才道：「事情不能怪你！」

我苦笑了一下：「不怪我，怪誰？」

白素低着頭，慢慢地走向一座營帳，我和她並肩向前走，留意着她的神情。看她的神情，像是在思索該如何回答我這個問題才好。

到了營帳之前，她才抬起頭來：「世上有很多事情——」

她講到這裏，略停了一停，然後強調道：「有很多很多事情，任何人都沒有錯，任何人都不需要負責，那只是——」她又苦笑了一下，才道：「那只是造化弄人，命運的安排！」

我瞪大了眼，一時之間，實在不明白白素何以會講出這樣的話來。「命運的安排」，這種說法，是一種最無可奈何的推諉，實在是不應該出諸白素之口！

雖然我沒有出聲，但是我那種不以為然的神情，顯而易見。白素立時道：「我也不願意這樣說，可是事實上，除了這樣說之外，沒有別的說法。整件事，沒有人出錯！」

我道：「有，我們低估了頗普心中對姬娜的恐懼！」

白素道：「是的，但如果我們估計到了這一點，你想想，事情會有什麼不同？還不是一樣？頗普一樣會逃走，我們一樣會在雜貨店中等姬娜來，結果，仍和現在一樣，不變！」

我眨着眼，答不上來。的確，白素說得對，結果一樣。但如果我不是那麼心急，等姬娜走進店堂來之後，再和她見面呢？

我隨即想到，就算是這樣，結果也不會變，總之，我和姬娜已有那麼多年沒見面，她不可能一下子就認出我來，一見到了我，就一定當我是陌生人，也一樣會轉身逃走，我也一樣會追上去。那也就是說，結果不變！

不論在事情的經歷過程中有着什麼樣的變化，總是達至同一的結果，這，除了說是命運的既定安排之外，實在沒有什麼別的可說！雖然我絕不願意這樣想，但也沒有別的想法可以替代。

白素看到我發怔，說道：「別再去想它了，反正事情已經發生，重要的是我們現在該如何做？」

我道：「當然是找到姬娜在這些年來居住的地方！」

白素道：「她只是指出了一個方向，可能那地方很遠！」

我道：「當然可能很遠，但是也決計還不到——」

我本來是想說「也決計還不到海邊去」的。可是我話講了一半，就住了口。因為姬娜指出的方向是西南方，自法屬圭亞那，指向西南，那可能橫越整個南美洲大陸，才到達海邊。

當然，姬娜指出的方向，不可能那麼遠，但是一直向西南去，是南美洲的腹地，天知道那是在什麼地方！

我話說了一半，瞪着眼，無法再說下去。白素嘆了一聲：「我看，先休息一下，別太悲觀。」

我道：「帕修斯一定是離這個地點最近的城鎮！」

我這樣說，當然很有根據，因為如果帕修斯不是最近的城鎮，姬娜又何必捨近圖遠，專程到帕修斯去？

白素取出了一幅地圖來，指着一處：「我們現在這裏。你看，向東北，到帕修斯，是三百多公里。如果要到別的城鎮去，最近的一個，也在四百公里以外！」

她說到這裏，抬起頭向我望來：「所以，最大的可能是，她就住在這座山中！」

我吸了一口氣：「那範圍就小多了，我們有直升機，你估計在空中搜索，要多久才行？」

白素道：「最多兩天，可是如果直升機花兩天的時間來搜索，就沒有燃料飛回去了！」

我道：「我們可以走回去！」

白素並沒有表示反對，只是道：「兩天是最長的打算，或許，第一天就可以發現。」

我道：「那我們還等什麼？」

白素冷靜地道：「等你休息，你一定要好好地休息一晚，不然，我不會答應你去搜索！」

看到白素這種堅決的神情，我知道再堅持下去，也不會有什麼結果，所以我不再說什麼，進了營帳，營帳中的一切當然極簡單，但是比起這些日子，我每晚棲身在樹上，已經是舒服之極了。

我躺下，可是睡不着。不一會，食物的香味自外面飄進來，白素居然替我烤了一條獐子腿，我吃了一個飽，問道：「姬娜的那疊稿，帶來了沒有？」

白素道：「在直升機上。」

我撫着飽脹的腹際：「我們一找到了那艘太空船，就可以知道那上面寫些什麼了！」

白素道：「何以見得一定是一艘太空船？」

我道：「不是太空船，會是什麼？我進入過米倫太太的那艘太空船，裏面設備之完善，難以想像。」

白素皺着眉：「如果是一艘太空船，停在山中的某一處地方，那應該不難找，只要天氣好，有陽光，太空船的金屬就會反射陽光！」

我道：「別太樂觀了，如果太空船躲在山洞之中？」

白素攤了攤手：「那就沒有辦法了，如果是在山洞中，這座山，周圍至少一百公里，誰知道有多少山洞，絕無法逐個搜索。」

我道：「就算我在這裏花上十年，二十年，我也一定要找到它！」

白素低嘆了一聲，十年二十年，當然是誇張的說法，但如果要找遍整座山，三年五載免不了。

第二天一早，經過了一夜休息，精神充沛，和白素一起上了直升機，一直升到這架直升機所能達到的高度極限。

從上空望下去，整座山脈，圍繞着一個主峰的許多山峰所形成，而在山峰和山峰之間，有着不少平地，瀑布處處，山溪縱橫。

直升機中有着一具三十倍的軍用望遠鏡，我就利用這具望遠鏡，向下看着。整座山中，似乎並無人迹，直升機盤旋着向前飛，到了中午時分，我已經叫了起來：「我發現一點東西了，你看，這是什麼？」

我一面說着，一面接替了駕駛的責任，將望遠鏡遞給了白素，指着下面的一個小山谷。

我的發現，自空中，用望遠鏡看來，像是一柄只有傘骨，撐開了的，插在地上的傘。

自一根豎着的桿子，向四面散開的那些銅枝，看來像是一種奇特形狀的天線。這種東西，自然不是蠻荒山谷中所應有的。

白素只看了一眼，便道：「看起來，像是一種天線！」

我道：「和我的意見一樣！」

我一面說，一面已操縱着直升機，向下落去，落在這個山谷之中。

在高空看來，我發現的那東西，並不給人以「高」的感覺。但是一旦從地面上來仰視那個裝置，卻給人以極高之感。其實，它也不是十分高，大約十公尺，可是由於那金屬桿相當細，直徑不過三公分，筆直地向上聳着，四周圍絕沒有其他的附件來穩定它，是以就給人一種十分高聳之感。

在那根金屬桿之上的，是每根約有一公尺的細金屬棒，我數了一數，一共有十二根。

我一等直升機停下，就跳了下來，直奔到那金屬桿之旁，雙手扶住了金屬桿，抬頭向上望着，然後，我觀望着那金屬桿，不到幾秒鐘，我就看到有一股線，自金屬桿的基部，伸延向前。我興奮得連話也講不出來，一面向白素打着手勢，一面沿着那向前伸展的線（那看來像是電線，或是不平衡式的一種引入線），向前奔着，奔出不到三百公尺，站定，我發現自己是在一個山洞之前。

那山洞的洞口，並不是太大，至多不過可容三五個人同時進出，和我想像之中，可以容納太空船的山洞，似乎並不適合。

我在山洞之前呆了一呆，白素也已經奔了過來，她也極其興奮，叫道：「進去啊！呆在門口幹什麼？」

我說道：「這山洞太小，好像——」

我的話還沒有說完，白素已經道：「你看看洞口的巖石，山洞的洞口，經過改造！」

白素比我細心得多，她一眼就看出了這一點，而我則是在經過她指出之後，才看出洞口有許多大巖石，是堆砌上去的，原來的洞口要大得多！

這時，我心頭狂跳，大叫一聲，向內奔了進去。

山洞進口之後的一段，相當狹窄，而且不多久，便來到了盡頭了。不過我們一點也不失望，反而覺得興奮莫名，因為那盡頭處是一扇拱形的金屬門！

我一躍向前，雙手高舉着，孩子氣地大叫道：「芝麻開門！」

白素瞪了我一眼，來到門前，觀察了片刻，伸手去旋轉着門口的一個掣鈕，發出一陣輕微的「格格」聲，不一會，「啪」地一聲響，白素用力推了一推，沒有推動，可是隨着她的一推，那道金屬門，卻緩緩向上，自動升了起來。

門一升起，一股柔和的光芒，就自內射出，我們立時看到，門內是一個到處散發柔和光芒的空間，約莫有三十平方公尺，除了正中有一根直徑五十公分、高約兩公尺的金屬圓柱之外，別無他物。整個空間的四壁，全是銀色的，那種柔和的光芒，也不知從何而來的。而且看來也不像有其他的通道。

我和白素互望了一眼，一起來到那根柱子之前，柱子異常光滑，看不出是什麼材料所造的。我伸手向柱子摸去，才一碰到那柱子，只覺得觸手像是十分溫暖，忽然間，一個人聲傳來，講了一句話。

當我和白素進來之際，我們幾乎都已肯定，這裏，就是我假設的那艘「太空船」的內部！

但是，我們卻都沒有期望着會聽到人聲！

因為我的推測是：這些年來，姬娜和一個來自神秘外星的人在一起，這個人，就是被神父認為是「上帝的使者」的那個。但是根據我的推測，這個人，應該已經死了！因為姬娜有一具屍體要處理，那自然就是這個人的屍體了！

可是這時，我們卻陡然聽到了有人講話！

我們立時四處找尋聲音的來源，同時心中，充滿了疑惑。白素道：「或者是錄音機留下的聲音！」

我點了點頭，可是還沒有開口，突然又聽到一陣急促的喘息聲，那只有當人遇到意外，才會發出。

我立時道：「請問是誰在說話？你是不是可以聽到我的聲音？」在我發問之後，喘息聲仍然繼續着，大約半分鐘，接着，是幾句喃喃自語，聲音似乎就從圓柱上傳來。

那圓柱子看來是一個整體，不能想像它會發出聲音來！

我又將剛才的話，重複了一遍，喘息聲靜了下來，然後，便是一個聽來極其疲倦的聲音：「兩個陌生人來了，姬娜死了，是不是？」

一聽到那聲音如此講，我心中的疑惑，更是到了極點！

忽然聽到人聲，已經是足以令人驚訝，而居然那人還知道姬娜已經死了！這豈不是更加令人無法置信？一時之間，我還以為，是因為姬娜的死亡，帶給我太大的刺激，以至我在聽覺之上，產生了幻覺！

可是，當我向白素望去之際，發現白素也一樣充滿了驚訝的神情，這使我知道，我所聽到的，不是幻覺，而是真正聽到有人在那樣說！

我張大了口，一時之間，實在不知說什麼才好。而就在這時，我又聽到，自那圓柱形的物體上，傳來了一下嘆息聲來。

那一下嘆息聲，聽來充滿了悲哀和無可奈何，令得人的心直向下沉，白素比我先開口，她道：「是的，姬娜死了，請問你是誰？」

在白素講了那句話之後，我屏住了氣息，等待着回答，心中極其緊張。

我等了約有半分鐘，才又聽得那聲音說道：「我……我是……」

那個人的聲音十分猶豫，像是對這個簡單的問題，也不知道該如何回答才好。他又停頓了片刻，白素道：「或者我們面對面說，會好一些？」

白素十分技巧地要求這個人露面，那使得我的心中，更加緊張了。

那人這一次，回答得倒相當爽快：「好的，請你們旋轉一下面前的圓柱，向反時針方向旋轉！」

我一聽得他這樣說，連忙雙手抱住了那根圓柱，用力向反時針方向旋轉。那人說得十分清楚，是向反時針方向旋轉，那也就是說，我抱住了柱子之後，向我左手方向旋轉。

可是，那柱子卻一動也不動，我再出力，柱子仍是一動不動。

我不禁有點氣惱：「對不起，我轉不動，我應該出多大的力氣才行？」

那聲音立時道：「怎麼會？」他在講了三個字之後，頓了一頓，立時又道：「對不起，真對不起，雖然我已經來了很久，可是對於相反的方向，還是不能適應，應該是……順時針方向，照你們的說法。」

我呆了一呆，和白素互望了一眼，一時之間，卻不知道這人如此說，是什麼意思。什麼叫作「對於相反方向，還是不能適應」？但是從他說「我雖然已來了很久」這句話，倒可以肯定他是從外星來的，這又令我感到了一陣興奮。

急於想和這個人見面，所以，我又抱着柱子，用力向順時針的方向轉動。

其實，我根本不必出那麼大的力氣，一轉之下，柱子立時轉動，柱子一動，在我的身後，「嗤」地一聲響，一道門自動移開。我們立時向門內望去。

門內，是一個更大的空間，我們先看到的，是一幅對着門的、巨大的熒光屏。

我對那裏的一切，一點也不陌生。那和我多年前，曾進入的陷在火山口，米倫太太的那艘太空船的內部，完全一樣！

在巨大的熒光屏之前，是一系列的控制台，控制台的前面，是兩張駕駛椅，兩旁，有着各種的機械裝置。

我們終於找到了想像中應該存在的那艘太空船！

白素伸過手來，我們互相握了一下手。她對於這樣的太空船，也不應該陌生。她雖然未曾進入過米倫太太的太空船，但是我在向她講述起的時候，曾經向她詳細地形容過。

這時，在控制台之前的兩張駕駛椅上，一張空着，另一張上，顯然有人坐。這個人背對着我們，他的肩、頭，高出椅背，這個人，有着一頭金髮，金得光芒燦爛。可是看起來這個人並沒有站起來歡迎我們的意思，因為他坐着，一動不動。

那張駕駛椅，應該可以旋轉，但是他顯然連轉身過來的意圖也沒有，只是一動也不動的坐。

我看到這樣的情形，呆了一呆，白素立時向我做了一個手勢，示意我不要開口，她道：「我們來了！」

那人仍是一動不動，但是卻道：「請進來，請進來！兩位一定是衛斯理先生和夫人！」

那人坐着一動不動，十分無禮，但是他的話，卻又十分客氣，而更令人驚訝的是他居然知道我們是什麼人！我心急，立時大踏步向前走去，來到了駕駛椅前。這時，我已經可以清楚地看到這個人！

這個一頭金髮的男子，身子相當高，至少有一百九十公分，可是卻瘦得出奇，臉色異常蒼白，雙眼也茫然失神，現出一種極其可悲的、茫然無助的神色，和剛才的那一下嘆息聲，倒十分配合。

這個人，在我想像之中，他應該就是神父口中的「上帝的天使」。根據神父的形容，他應該英姿勃勃，如同天神。可是眼前那個，卻分明陷在極度絕望之中！他坐在那裏，一動不動，甚至毫無生氣！

我一看到了這種情形，不禁呆了一呆，這時，我聽得在我的身後，白素也傳來了一下吸氣聲，顯然，她也未曾料到會有這樣的情形出現。若不是我們剛才聽到有人講話，而眼前又分明只有他一個人，真會以為那是一座雕像，不是一個活的人！

我瞪着那人，這樣看一個人當然不禮貌，但是我心中訝異太甚，無法控制我自己。

那人的雙眼之中，所現出的悲哀、無可奈何的神色更甚。人的雙眼，是十分異特的器官，當人的心情高興或悲傷之際，是可以在一雙靜止的眼睛之中，反映出來的。那人甚至不眨眼，也不轉動眼珠。但我深深地感到了他的那種深切的悲哀。

我可以肯定這個人和米倫太太來自同一地方。他的悲哀，自然也和米倫太太一樣，因為他不能回去！這些年來，伴隨着他的，一定只有姬娜一個人，而如今，他又知道姬娜死了（我不知道他是如何知道的），當然，悲哀就更加深切。

我被他雙眼之中顯露出來的那種悲哀所感染，嘆了一口氣：「你不必太難過，或許，這就是所謂命運的安排！」

我在這時，自然而然，用上了「命運的安排」這樣的話，極其無可奈何。上次，白素用同樣的話來安慰我，我還大不以為然，可是這時卻也這樣說。的確，除了這樣說之外，還有什麼別的話可講呢？

那人聽得我這樣說，仍然一點反應也沒有。我所說的「一點反應也沒有」，不單是指他坐着一動也不動而言，而是真正一點反應都沒有，他整個人，就像是一座石像，連面部的肌肉，也沒有絲毫「動」的象徵。

面對着這樣的一個人，而又確知這個人並不是死人，這種情景，極度詭異。

我轉頭向白素望去，白素也盯着那人在看，現出了一種極度深切的同情。不等我開口，她就道：「這位朋友，看來遭到了極大的困難：不能運動他的身子任何部分！」

白素的話，陡地提醒了我！

的確，我面對着的，是一個活人，而一個活人可以這樣一動不動，只在他雙眼之中，流露出如此令人心碎的悲哀，那也只有一個可能：他是個癱子！他全身癱瘓，他不是不想動，而是根本不能動！

如此嚴重的全身癱瘓，一般來說，只有腦部和脊椎受過嚴重傷害，才會這樣。而如果是腦部受傷而導致如此嚴重的癱瘓，傷者在絕大多數的情形下，神智不清，昏迷不醒，決不會再在雙眼之中，現出如此悲痛的神情來。那麼，這個人，一定因為脊椎受傷而癱瘓！

眼前的現象，太過令人震懾，我腦中一片混亂，所想到的，竟全然是些雜亂無章，無關要旨的事，例如對方是受了什麼傷害，才會變成如今這樣子之類。

白素看來比我鎮定得多，她在深深吸了一口氣之後：「朋友，我們了解你的困難，但是你至少可以說話？我們曾聽到過你的聲音，請相信我們對你絕無惡意，你可願意和我們講話？」

那人望着白素，自他的眼神中看來，他全神貫注地在聽着白素的話。

等到白素講完，他眼神之中，流露出一種極度無可奈何的神情，自他的喉際，發出了一陣輕微的咕咕聲。那一種「咕咕」聲，實在不能稱之為語言。而且聲音十分低微，若不是我們都屏住了氣息的話，根本就不可能聽到有聲音自他的喉際發出來。

但是，正如白素剛才所說，這個人是可以講話的，我們曾聽到過他的講話，而且，他還曾問過：姬娜是否死了！為什麼這時，他只能在喉際發出「咕咕」聲呢？

我正想問他，忽然聽得身後，傳來了一個聲音，就是我們剛才在外面空間聽到，發自那根圓柱狀物體上的聲音：「姬娜真的死了？」

我和白素都陡地一怔，因為我們絕未期望這裏還有另一個人在！所以我們一聽到聲音自背後傳來，立時轉過身去看。可是，身後除了一系列的儀表裝置之外，卻又沒有人。

只不過有一排儀表，上面有許多指示燈，這時，正在不斷地、有規律地閃動着。

當我們轉過身之後，又聽到那聲音道：「她真的死了，她……果然逃不脱……安排……沒有人可以逃得脱……這一切，是早已實現過……的……」

我全然不懂這聲音那樣説是什麼意思，可是當那聲音斷斷續續發出來之際，我卻看到儀表上的指示燈，閃動更加頻繁，而且，顯然根據音節的高低在決定閃動的指示燈的數字。另外，我也發現，聲音從控制台上某一部分所發出來。

我立時向前走去，聲音來自一片圓形的、有着許多小孔的金屬膜。那金屬膜，看來類似是一種揚聲裝置。

當我向着眾多的儀表板走去之際，白素卻相反，她反倒向那人走去，來到那人的身邊，我轉過身，想告訴白素我的發現，白素已先出聲：「衛，就是這位朋友在和我們說話！」

白素一面說着，一面指着那人的頭部。直到這時，我才注意到，那人的一頭金髮上，束着一個「髮箍」。「髮箍」這叫法，或者不是很確當，但是一眼看去，那一個極細的、黃金色的一圈，就圈在他的髮下、額上，看來的確像是一個「髮箍」。我立時走向前去，當我來到這人身前之際，更發現那個金屬圈之中，有很多極細極細的金屬絲，那些金屬絲自線圈中傳出來，刺進那人的額頭，看來，直入那個人的腦部。

第十部

不知自身從何而來

這種景象，真是駭人，我揮着手：「你的意思是，他喉部的肌肉，無法運動，但是……他腦部的思想還可以活動，他通過腦部的活動……用腦電波來影響……儀器，發出聲音來？」

我一面說，一面望着白素，神情充滿了疑惑。

白素還沒有回答我，我就聽到了聲音傳來：「是的，而且，事實上，我能聽到你們講話，也是依靠儀器的幫助。除了腦部之外，我整個人全死了！」

我感到一陣寒意。我早已有這種「死」的感覺。因為那個人，根本上一點生氣也沒有，我一直用「雕像」在形容他。

生和死，本來就神秘，而眼前這個人，竟然介乎生、死之間，這更是不可思議，也更加令人覺得有一股莫測的詭異。

我一時之間，不知道說什麼才好，只是喃喃地道：「腦部活動……通過儀器來表達……這在地球上，不知要多久才能實現？」

我是因為極度的迷惑，所以才會將自己所想的，喃喃講出來，卻料不到那聲音立時回答道：「大約再過一萬三千多年，當腦電波的游離狀態被肯定之後的十年間，就可以達到目的！」

我陡地震動了一下：「你怎麼知道？」

那人的聲音，雖然是通過儀器發出來的，由於儀器受他情緒所影響，是以他的聲音，聽來竟也充滿了一種無可奈何的感嘆。

那人道：「因為早已發生過了！」

他剛才預測地球上的人類，對腦電波研究的進展過程，說得十分清楚，可是這時的一句話，卻又聽得人莫名其妙。什麼叫做「因為早已發生過了」？

我向白素望去，發現她也有同樣疑惑的神情，我忙道：「請問，你是從什麼地方來的？我以前見過一艘相同的太空船，飛行員是米倫先生和米倫太太，你是不是和他們來自同一個地方？這些年來，姬娜和你在一起？你怎麼知道她死了？你究竟受了什麼傷？你——」

我發出了一連串的問題，若不是白素拉了拉我的衣袖，我一定還可以繼續問下去，因為疑問實在太多。

白素一拉我的衣袖，我才省起，不論我一下子問多少問題，對方一定要一個一個回答我，不可能一下子就得到全部答案的。然而儘管我想到了這一點，在白素阻止我，我略為停了一停之後，還是忍不住又問了一句：「姬娜曾用奇異的文字，寫下了很多東西，那究竟是什麼意思？那枚紅寶石戒指——」

這一次，白素不是輕輕拉我一下衣袖，而是重重地推了我一下，才使我停了下來。

我停止了發問，緊張地等待着對方的回答。

過了好一會——我不知道為什麼那人會隔如此之久，才開始回答，或許，他在想如何講，才能使我一下子就明白——那人的聲音才傳了出來：「是的，米倫夫婦比我早出發，米倫夫婦、雅倫，以及另外三批人，他們都比我出發得早，不過我想他們不知道自己是從哪裏來的，只有我才明白自己從什麼地方來。」

我相信自己的理解力並不低，對於很複雜的事，也有一定的處理能力，可以極快地分析出條理。而我的聽覺，也絕無問題，可是這時，我聽得那人這樣說，我真的糊塗了。

我糊塗到了無法再進一步發出問題，只是瞪着那人，不知如何才好。

那人的這段話，真是不可理解。一個人，或是幾個人，從一個地方出發，到達某一個地方，只有可能不知道自己到了什麼地方，絕沒可能不知道自己是從什麼地方來的。

但是，那人卻的確這樣說，「米倫夫婦、雅倫和另外三批人，他們都不知道自己從哪裏來！」

過了一會，我吸了一口氣，白素低聲道：「你聽不懂他的話？」

我又好氣又好笑：「你聽懂了？」

白素道：「不全懂，但是懂一部分。」

我道：「說來聽聽！」

白素道：「他、米倫夫婦、雅倫和另外三批人，是從同一個地方來的。米倫夫婦我們是知道的。你還記得那個在銀行中存儲了大量金子的人？他的名字就是雅倫。」

我點頭道：「是的，所以姬娜才能知道這筆一百多年前的存款。那也就是說，除了他之外，一共有六批人，從他們的地方，來到地球。」

白素道：「是的。」

我聳了聳肩：「我想其中有一個問題，你沒有弄清楚，他說，他比這另外五批人都出發得遲。他是最後才出發的。可是他到得比米倫太太早，米倫太太在十年前到達。」

我說：「如果神父遇到的『上帝使者』就是他，那麼，他已經到了四十年了。而那個雅倫，在一百多年前已經來到。不知道另外三批人是什麼時候到的！」

白素皺着眉，點了點頭，向那人望去，現出發問的神情來。

那個發聲的裝置，在這時發出了一下類似呻吟的聲音，然後，才是那人的聲音：「在你們看來，幾十年的時間差異，但是，在長期的宇宙飛行之中，一千年的差誤，事實上，只不過是由於小數點之後十幾位的數字所造成的，根本微不足道，不能算是有差誤！」

那人這樣解釋，更令人有啼笑皆非之感，我悶哼一聲：「那麼，是不是另外三批人，有的早在一千年之前，已經到達了地球了？」

那人的聲音，聽來認真而嚴肅：「事實上，我已經查到，有一個，是在約四千年前到達地球的。」

我忙道：「四千年？他降落在什麼地方？」

那人的聲音立刻傳了出來：「東經一百十一點三七度，北緯三十四點五七度處的一個山谷中。」

我一聽到這經緯度，不禁直跳了起來：「那是中國的河南省！」

那人的聲音道：「我對於地球上地名不十分清楚，只知道經緯度的劃分。我曾經想弄清楚這裏的地域劃分的方法，這種方法，在我們那裏，一定也曾實行過的，但是年代實在太久遠了，我真的無法了解。」

這一段話的真正涵義，我還是不十分了解。我思緒極亂，無可奈何地笑着：「四千多年前，那時，中國的河南山西部山區，是——什麼時代？」

那人道：「我也不清楚，但是我知道，楊安和一個人很接近，楊安到達之後，這個人是他唯一接觸過的人——」

白素道：「楊安？就是四千年前到達地球的，你的同伴？」

那人道：「是的，楊安到達了地球之後，一直和他一起的那個人，叫王利。」

我思緒之混亂，無以復加，而更有一種極度的啼笑皆非之感。我在聽得對方居然講出一個地球人（從名字看來，顯然是中國人），在四千年前，曾和一個不知從何而來叫楊安的人在一起生活之際，這種感覺更甚，實在不知道説什麼才好了！

而更令得我啼笑皆非的是，白素居然神情嚴肅道：「你是説，這個地球人的名字是王利？」

那人的聲音道：「是的，王利。」

我向白素瞪着眼，想制止她再胡亂糾纏下去，一個四千年前的普通中國人的名字，實在是一點意義也沒有，有何值得追問之處？

白素不理會我的態度，又進一步地問道：「關於這位王利，還有什麼進一步的資料？」

那人的聲音又傳了出來：「不很多，只知道楊安沒有多久便死了，那位王利，在楊安處學到了不少知識。」

我道：「在四千年之前？那麼，這個王利，一定是極其出類拔萃了？」

白素立時沉聲道：「當然他是！你怎麼啦？連他也想不起來？」

白素說得這樣認真，倒真的使我呆了一呆。我可能是由於思緒太混亂了，是以將這個「王利」忽略了過去。這時被白素大聲一喝，我一怔之後，立時在心中迅速地轉着念，在中國歷史的出類拔萃人物中，去尋找這個叫作「王利」的人。

這個王利，他早在四千年前，就和一個駕着太空船來到地球的人相處過，而且學了不少東西，那麼，他毫無疑問，是一個先知了？一定是歷史上最突出的人之一，可是這個名字，是不是有點陌生？

我皺着眉，想着，白素用責備的眼光望着我，看她的神情，她一定早已想到這個王利先生是什麼人。而且，她分明是在責備我還未曾想到。

我竭力思索着，白素張口，看來她要告訴我，我連忙作了一個手勢，我想到了！我陡地吸了一口氣：「是他！」

白素道：「是他！」

我攤了攤手：「你不能怪我一時之際想不起他來，因為他的外號太出名了，很少人在提及他的時候，會提到王利這個名字！」

白素道：「可是，王利確然是他的名字，方士王嘉所撰的《拾遺記》，就是記載着他的名字。」

我苦笑着，又開始有虛浮在空中的感覺，這時，那人的聲音又傳了出來：「這個王利，在歷史上十分有名？他做了一些什麼事？」

我道：「他其實沒有做過什麼，但在中國的傳說上，這個人的記載，卻極其神奇，一般來說，正史的修撰者，不怎麼肯承認有這個人存在。因為這個人的一切，不可思議，他能洞燭先機，預知未來，神出鬼沒，可以數百年不見，又再出現，一般的說法是，他已經是一個仙人。所以，沒有人提及他原來的名字，都稱他為鬼谷先生，或鬼谷子。」

鬼谷子的名頭，對那人來說，好像並沒有什麼特別，他的聲音傳了出來：「那沒有什麼不同，反正只是一個名字。」

我當然沒有向他進一步解釋鬼谷子在傳說中的地位，因為並沒有這個必要。只有自己的心中，充滿了一種難以形容的感覺。

那人繼續道：「有的人在一百二十多年之前到達，有的在二百多年前來到——」

我有點急不及待地問道：「你說他們都不知道自己從什麼地方來的，這一點，我實在不懂，是不是可以請你進一步解釋一下？」我這個要求，不能說不合理。可是那人卻很久沒有回答，我想催他，白素道：「我們或許應該先關心一下這位朋友，他究竟受了什麼傷？我們是不是可以幫助他？」

我點頭道：「是！」

我一面說，一面向那人望了過去，那人的眼神更是悲哀，他的聲音傳了出：「很多謝你們，但是我——我的情形，沒有人可以幫助我。」

我道：「不見得吧？我雖然不是醫生，但是也有點常識，你是脊椎受了傷？」

幾下苦笑聲傳了出來，我不等他的同意，就走過去，想將他的身子，扶離椅背。他一直靠椅背坐着。當我要這樣做之際，我聽得他的聲音，極其急促地傳了出來：「別，別這樣！」

可是他的警告，已經來得遲了一步，我已將他的身子，扶離了椅背少許。而在那一剎那，我陡地嚇了一大跳，因為那人的身子，才一離椅背，整個人，以一種十分怪異的情形，向一旁「軟」了下來。我從來未曾見過這種情形，手一震，幾乎令得他自椅子上直跌下來，等到我立時再將他扶住，令他的背，穩固地靠在椅背上之際，已經不由自主，出了一身冷汗。

我被他身體的這種惡劣情況，嚇得有點口吃，說道：「對——對不起，我不知道——你的情形——那麼壞！」

那人望着我，他的聲音，自傳音器中傳出來：「真是壞透了，我的脊椎骨全碎了！」

我吸了一口氣：「這是什麼時候發生的事？有——兩個人，屬於一個探險隊，曾遇見過你，那時，你——好像沒有事的！」

又是一連串的苦笑聲傳來，那人道：「是的，我一降落，以為已經完成任務回來了——」

他講到這裏，又發出一連串喘息聲。

他的話中斷，而他已經講出來的話，使我的心中，又增進了一層疑惑。

他說，當他降落地球之際，以為自己「已經完成任務回來了」。而米倫太太的情形也相類似，米倫太太自己也以為回來了。這究竟是什麼意思呢？是不是他們出發的地方，天體環境，和地球十分相似，是以才會有這樣的錯覺？

我心中儘管疑惑，但是我卻沒有問他，因為他開始敘述自己的事，我不想打斷他，免得事情愈來愈亂。

那人停了片刻，才繼續發聲：「可是我立即覺出事情很不對，我不是回來了，而是迷失了！我甚至不知自己是在什麼樣的情形之下迷失，這是一種極其可怕的情景，我明明是回來了，可是——可是——」

我知道他很難說出這種情形的實際情形來，但是我卻完全可以了解，是以我道：「我和米倫太太作過長談，她也認為她回來了，可是，一切好像完全不對，一切都變了。我想，可能你們在宇宙長期的飛行中，突破了時間的限制，回到了從前！」

那人苦笑起來：「在開始的幾年，我也這樣想。在降落之後，查定了自己降落的地點，那地方不應該是一個山谷，應該是一個城市的附近，可是為什麼變成了荒涼的山谷？我利用個人飛行器，飛出了數百里，遇到兩個人，可是他們全然不懂我的語言，我又飛走了。自此之後，我花了三年時間，研究自己的處境，想知道自己在什麼地方。」

我道：「看來你不會有結果。」

那人又靜了一會，才道：「我想我的情形，比另外幾批人好，我的太空船最後出發，裝備也最好。」

那人道：「我的太空船有一副極其完備的——資料儲存分析系統，你們的語言，叫這種系統叫電腦！」

我向四面看了一下，空間的三面，的確有着類似電腦的裝置，我道：「我相信地球上還沒有一具電腦，可以比得上這一具。」

那人道：「當然！當然，差得太遠了。」

他又頓了一頓，才道：「而更幸運的是，我安然降落，所有的設備，完全沒有損壞。在最初幾年中，我竭力想弄明白發生了什麼事，為什麼我明明回來了，卻會一切不同。我也想到過，我可能是突破了時間的限制，可是我卻又否定了這一點。開始的幾年，真是痛苦之極，在幾年之後，有一次，我偶然收到了一股游離電波，這股電波，經過處理之後，成為文字，是雅倫發出來的。」

白素「啊」地一聲：「你見過雅倫？」

那人道：「沒有，我只是收到了他不知在什麼時候發出的電波，電波一直在空間以游離狀態存在，而被我在無意中收到。」

我說道：「那你一定很興奮，因為你第一次有了同伴的消息。」

那人的聲音，聽來很苦澀：「開始時是，我以為和他取得了聯絡，但是我隨即知道，那只是若干年前發出的一些電波，我仍然是孤獨一個人。」

我和白素都不出聲，對方的處境，十分值得同情，而我們又實在不知用什麼語言去安慰他才好。

過了一會，那人的聲音才又道：「不過這一次無意中收到了那股游離電波之後，卻使我開始了一個新的嘗試，我改進了一些設備，在以後的一年中，我又收到了不少我同伴的信息，知道他們來到這裏的經過。」

我感到一陣極度的迷惑：「包括四千年前到達地球的那位在內？」

那人道：「是的！」

我苦笑了一下：「那怎麼可能，時間已過去了那麼久！」

那人道：「是麼？我倒不覺得，他當時發信息出去，是想告知基地報告他的處境。不過我想他發出的信息，沒有機會到達基地，我卻將之追了回來。」

那人的這一番話，我又是不十分懂，我只可以想像其中一定有着複雜的操作過程，而這種過程，決不是我的知識範圍所能理解的。

那人略停了一停，又繼續道：「一直到我收集了許多我的同伴的信息，那過程相當困難，其中，我還收到了一大批資料，是關於地球上的人的資料，那是我的一位約在一千年前，到達地球的人，所發出來的。」

我和白素，一直在由得對方敘述，並沒有打斷他話頭的意圖。可是，聽到這裏，我忍不住道：「那麼，你怎麼和姬娜聯絡上的？」

那人聽了我的問題之後，好半晌沒有反應。過了好一會，我才聽到了一下嘆息聲：「那是在一次意外之後的事。那次意外，由於我想回去，試圖再令太空船起飛，但結果卻發生了一次爆炸。爆炸令我受了嚴重的傷害，開始的時候，我還能行動。我想到我在這些年來，一直在收集別人發出來的信息，而我卻未曾發出過什麼信息，我們一共有六批人出發，其餘的，我都已知道他們來到了地球，而且也全死了，只有米倫夫婦的那一批，未曾有過信息。」

那人道：「我已經知道，地球上幾千年時間的差異，在我們的航程中，簡直不算是什麼，所以我想，他們可能到得比我遲。」

我道：「是的，他們比你遲到了三十年。」

那人又停了片刻，才道：「我不斷地發出信號，要和他們聯絡，希望他們也到了地球，要他們來和我聯絡，我實在希望見到自己人。」

他講到這裏，我忙道：「那，那是什麼時候的事情？」

那人的聲音道：「十年之前。」

我嘆了一聲，搖着頭，白素也嘆了一聲，搖着頭。

我們兩人心中所想到的，都是同一件事：如果那人早一年，或者甚至早半年，早幾個月，想到要和他的同伴聯絡的話，那麼，說不定，他可以和米倫太太見面，因為那時，米倫太太正寂寞地隱居着，還沒有死！

而他卻太遲了，等他想和他同伴聯絡之際，米倫太太一定已經死了。當然，他沒有希望和米倫太太見面了！然而，姬娜又是怎麼收到他的信息的呢？

我望着那人，喃喃地道：「十年前才開始，那——太遲了，我不明白，姬娜那時，不過是一個小孩子，她怎麼能夠收到你的信息？」

那人的聲音，聽來低沉：「姬娜有米倫太太給她的那具超微波接收擴大儀。」

我呆了一呆。

米倫太太的遺物，我很清楚，其中並沒有什麼「超微波接收擴大儀」在，我剛想問，白素已經道：「你的意思，那是一枚紅寶石戒指，是戴在手上，作為裝飾品用的那件東西？」

我心頭陡地一跳，那枚紅寶石戒指！

關於那枚紅寶石戒指，有着不少謎團，看來如今可以揭開了！一枚紅寶石戒指，那人竟稱之為什麼「超微波接收擴大儀」，這真有點不可思議。

那枚紅寶石戒指，一直在我身邊，這時，我忙將之取出來，遞向那人的面前：「就是這個？」

那人道：「是的，不過，現在，這具儀器的超微波，已經放射完畢。在這裏，無法得到補充。」

我吞了一口口水：「當它……當它有着……超微波的時候，它看來……」

那人不等我說完，就接上去道：「看上去是一種極美麗的紅色。有點像地球上的一種礦石。」

我又深深地吸了一口氣，那人所謂「一種地球上的礦石」，當然是紅寶石！這枚紅寶石戒指，竟然是一具極其微妙的儀器！我從來也未曾想到過！

我不由自主，伸手在自己臉上，用力擦撫了幾下。這樣的動作，一點意義也沒有，只不過表示我內心的震動，想要竭力鎮定。

我道：「豈止相似，就算是用儀器來分析，它也十足是那種礦物——紅寶石！」

那人發出一兩下十分乾澀的笑聲：「那是儀器分析得不夠細微的緣故！那

一小塊物體，有放射性能，也有接收性能，當它的能量完了之後，看來就是現在這樣子！」

我喃喃地道：「只是一塊石頭！」

那人道：「當然不是石頭，如果有足夠的設備，它可以補充能量！」

我在那枚戒指上，呵了一口氣，再將它放在衣襟上，用力擦了幾下，心中在想，我該怎樣向連倫和祖斯基兩個人解釋才好？這根本是解釋不明白的事情！反正連倫的珠寶公司並沒有實際上的損失，我想，不必向他們解釋了！我問道：「姬娜是不是知道它會起變化？」

那人立時回答：「當然不知道！唉，姬娜，她甚至一直不知道我……是什麼人，她的知識不很豐富，而且最大的毛病，是她根本沒有接受新的、在她思想範圍之外的新知識的靈性！」

那人在這樣說的時候，可以聽得出，他的語氣之中，充滿了懊喪。

白素道：「你這樣指摘姬娜似乎不很公平，她至少和你一起，生活了十年！」

那人停了片刻，才又道：「是，我很感激她，多虧了她，我才能苟延殘喘到今天。但是，唉……」

他再長長地嘆了一口氣，又停頓了片刻，才道：「但是，如果十年前，接到我信息的不是姬娜，是你們，或者你們之間的任何一個人，那麼情形只怕不同！」我仍然不是很了解他的話，因為對於他和姬娜之間，究竟發生了一些什麼事，我全然不知，我甚至不明白姬娜「收到」的，是什麼樣的「信息」！

我一面做手勢，一面道：「你發出去的信息，姬娜是怎麼收到的？她聽到有聲音自那枚戒指上發出來？」

那人道：「當然不是，這是一個十分微妙的過程，接收儀的功能，收到了我的信息，姬娜本身一點也不知道。但是由於她將接收儀緊貼着她的肌膚，微弱的、帶有我所發出的信息的電波，進入了她的體內，刺激了她腦部的活動——」

當我和白素聽到這裏之際，心頭不禁感到一股寒意！我想，我已經明白了他的意思。他發出去的信息，是一種極其微妙的電波，這種電波，在進入了人體之後，會刺激人的腦部活動。換句話說，也就是能影響人的思想！

當我想到這一點之際，白素也想到了。她陡地問：「姬娜並不知道發生了什麼事，只是她的思想，忽然想到了你的存在，她要來見你？」

那人並沒有立即回答，過了片刻，才道：「如果接收儀是在我的同伴手上，譬如說，是在米倫太太的手上，她自然立時可以知道是怎麼一回事。在一個地球人手上，情形就像你所說的一樣。」

白素「嗯」地一聲：「於是，她就身不由主，或者說，不由自主，向你這裏來了？」

那人道：「不能說是不由自主，是她自己『想』到要來的！」

我道：「可是，她的思想，卻是你給她的！這情形，和催眠一樣？你可知道什麼叫『催眠』？就是用自己的思想去影響另一個人，叫另一個人產生和他相同的想法的一種行為！」

我有着相當明顯的責備意義。因為我對姬娜的死，始終是內心負疚。我聽得那人如此說之後，立即想到，如果不是眼前這個人，用他的信息，使得姬娜來到這裏的話，那麼，姬娜和每個人一樣，都是普通人，當然也不會有什麼飛車失事的意外發生在她身上！

我當時一面說，一面望着對方。從那人的眼神來判斷，我想，他如果可以移動他的頭部的話，一定不敢和我的目光相對。可是他卻連閉上眼睛都不能夠。他只好和我對望着。

過了片刻，才又聽到他苦澀的聲音：「你在責怪我？可是，我並不知道接收儀是在誰的手上，我要和我的同伴聯絡！」

我立時道：「那麼，至少你在見到她之後，就該叫她離開你才是！」

那人嘆了一聲：「我在等待着，等到她突然出現，我真的失望到了極點。那時，我的情形比現在好得多，我還能直接和她講話。她當然不懂我們的語言，不過那不成問題，這裏的裝置，可以將我的語言，翻譯成地球上每一個角落的語言，我終於明白了她是如何得到那具接收儀的。」

我堅持道：「你沒有叫她離去！」

那人幾乎在嘶叫：「我有！我曾叫她離去，可是由於我的情形，迅速惡化，她卻願意留下來，不忍心這樣離開我！」

我苦笑了一下，姬娜是一個十分好心腸的小女孩，而且，在如今這樣的情形之下，對方也沒有理由騙我！姬娜的不幸，或許只好歸於命運的安排了！

我沒有說什麼，在擴音器中，又傳出了那人的聲音：「幾天之後，我的傷勢就惡化到現在這樣，我們花了很多時間，才能繼續交談，那是我在還能說話之際，我教會了姬娜，將一個思想傳遞系統，連接上我的腦部和發聲裝置，就像如今我和你交談一樣。」

我點了點頭，那人續道：「我完全不能動了，但是還繼續可以和她交談。我利用藥物，維持自己的生命，當然，是姬娜替我注射的。我也教會了她如何使用飛車，到最近的市鎮中，去購買一些必需用品，她很聽話，雖然她對我的一切全然不了解，但是她一直照着我的話去做。」

白素低聲道：「你們就一直這樣相處着?」

那人道：「是的，在這期間，我要姬娜做一項工作，我利用我的腦電波，使她的接收儀在受到我的腦電波影響之後，再去影響她的腦部，來進行這項工作。我要她記下許多事——」

我失聲叫了起來：「那就是她所寫下的那一大疊稿件！」

那人道：「是的，我要她記載下來，將許多事全記載下來。」

我大聲道：「你利用她的身體！你雖然自己一動也不能動，但是卻利用她做你的替身！她不斷在寫着，可是她在寫些什麼，她並不知道：那不是她在寫，根本是你在寫！」

那人道：「由於地球上文字的表達力太差，我們的一個字，可以表達比地球上任何文字多一百倍的意思，所以我要她用我們的文字，或者說，我要用我們的文字，將一切記載下來！」

白素來回踱了幾步：「你用你們的文字，寫下那麼多，那有什麼用？這些文字，在地球上根本沒有人看得懂！」

那人道：「這不成問題，這裏有自動翻譯裝置，你將姬娜寫的，送進自動翻譯裝置去，就會翻譯成你所希望得到的地球上的任何文字！」

我「嗖」地吸了一口氣，一伸手，拿過了白素手中的一個帆布袋來。

姬娜交給我的稿件，就在那個帆布袋中。這時，我真想立即將姬娜寫下來的那麼多字翻譯出來！我一面抓住帆布袋，一面道：「姬娜寫下的一切，她全交給了我，自動翻譯裝置在哪裏？怎麼使用？」

那人道：「等一等，在你知道我所記載下來的內容之前，你必須確定你自己是不是真的想知道它的內容！」

我道：「當然我想知道！你記下來的目的，也是想人知道！」

那人又停了片刻，才道：「當然是，但是我還是必須向你說明一些情形，你要經過考慮之後，才能決定。」

我是不大耐煩：「我不必考慮，我一定要知道它的內容，這些像天書一樣的文字，究竟表示了什麼！」

那人又傳出了一下嘆息聲：「你太心急了，還是照我的辦法好些。」

白素輕輕碰了我一下，向我使了一個眼色，要我接受那人的意見。我雖然極不願意，可是卻也沒有辦法。因為我根本不知道這許多裝置之中，哪一些是自動翻譯裝置，就算知道了，也不知道如何使用！而且，我也無法強迫那人告訴我！

第十一部

《天書》中，記載着將來的一切事

我緊握着那一大疊文稿，憋住氣不出聲。白素道：「好，請你解釋一下。」

那人道：「剛才你用了『天書』這個詞，用得很好。在你手中的，的確是一本《天書》！」

我「哼」地一聲，沒好氣地道：「是又怎樣？我只想知道它的內容。」

那人道：「我可以告訴你，《天書》的內容，可以用幾句話來概括，在《天書》中記載的一切，是地球上一切會發生的事，地球上所有人一生的歷程。」

我吃了一驚，一時之間，我實在不明白他這樣說，是什麼意思。而且，他的話是如此之驚人，令我根本無法在震驚之餘，去好好思索。

我在呆了一呆之後：「這……這……樣說來，那真是一本《天書》了？」

那人道：「是的，地球上的一切事、一切人，都在這本《天書》之中！」

這時，我已經略為鎮定了下來，而當我略為鎮定之後，再想一想他所說的有關「天書」的話，我就忍不住哈哈大笑了起來。

白素瞪了我一眼：「你笑什麼？」

我轉向白素：「你不覺得好笑嗎？他給了我們一部《天書》！在這部《天書》之中，記載着地球上一切人、一切事，不是過去，而是將來！請注意，他說一切人！一切事！」

白素仍然一點不覺得好笑，又問道：「那又怎麼樣？值得大笑？」

我仍然笑着：「當然好笑！你知道我想起了什麼人？我覺得自己像是什麼人？我覺得自己像黑三郎宋江！宋江曾蒙九天玄女，賜了一部《天書》！」

白素冷冷地道：「仍然一點也不好笑！」

那人附和着白素：「是的，一點也不好笑！」

我覺得十分無趣，而且，還十分氣憤。我冷笑道：「當然好笑！我承認你來自一個十分進步的地方！但是你也決不會進步到可以預測地球上一切人、一切事的發生！你絕對不能預料！」

那人道：「我不必預料，我只是知道。」

我大聲叫，幾乎近乎吼叫：「你不預料，你又怎能知道？」

那人道：「你昨天做了一些什麼事，你知道不知道？」

我伸手直指着看那人的鼻尖：「別扯開話題！我在問你，你怎樣知道將來的事？」

那人嘆了一聲，在他的嘆息聲中，竟大有責我其蠢如豕之意，這更令我冒火。

而更令人氣惱的是，白素竟然完全不站在我這一邊，她竟然裝成相信（這是我當時的感覺）的模樣：「我確信你留下的紀錄，一定極其不凡，但是我還有不明白的地方，請你詳細解釋一下。」

我不等那人有反應，又大聲打了一個「哈哈」：「好啊，等你讀懂了他那本《天書》之後，你就能知道過去未來，神機妙算，成為女鬼谷子！」

白素望着我，低嘆了一聲：「衛，你怎麼啦？你經常自詡可以接受一切不可思議的事情，為什麼會對他的《天書》，抱這樣懷疑的態度？」

我吸了一口氣：「我抱懷疑態度的原因，是因為他將《天書》的內容太誇大了。我承認他比我們先進，但也決不至於先進到可以明白地球上每一個人的一生。你想想，地球上有接近四十億人！」

白素像是有點被我說動了，眨着眼，一時之間，不知如何回答才好。

在這時候，那人的聲音又傳了出來，道：「四十億，在你看來，是一個龐大之極的數字。但是在我們的記憶儲存系統中，卻不算什麼。」

我指着四壁的那些儀器：「你是說，地球上所有人的資料，全在其中？」

那人道：「當然不是每一個人實際上的一切全在……」

我不等他講完，又「啊哈」一聲，表示他講的話，有自相矛盾之處。那人繼續道：「但是，人可以分類，分起類來，就不會有四十億那麼多，可以根據每一個人的分類，來推算這個人的一生。」

我又忍不住笑了起來：「好啊，算命先生的那一套也來了！我想，所謂分類，是根據人的生辰八字來分，對不對？你明白什麼叫生辰八字？要不要我教你？」

那人的聲音聽來似乎有點生氣，以至他一直是聽來十分軟弱的聲音，這時也變得大聲起來：「不用你來教我，我知道什麼是中國人的生辰八字計算法。你以為中國人是怎麼會發明這種計算法？」

我冷笑一聲：「總不見得是你教會中國人的！」

那人嘆了一聲：「不是我，是賓魯達。」

我眨着眼，那人立即又道：「他在大約一千多年前，降落地球，在中國，用一個人的出生年、月、日、時、分，來推算這個人一生命運的辦法，就是通過他傳了下來的。」我還想笑，可是卻有點笑不出來了，因為對方說得如此認真。當然，更主要的原因之一，是根據一個人的出生年、月、日、時、分，來推算這個人一生的歷程這種方法，中國人一直稱之為「排八字」，而且的確，有一種不可忽視的準確性。這是相當奇妙的事，中國在傳統上，有「排八字」的一定方法，根據這個方法，可以推算出一個人的大致遭遇。這種推算命運的方法，在中國民間，一直盛行不衰。近幾十年來，由於對科學的一知半解，而被目為「迷信」。可是「反對派」對於排八字，的確能夠在大致上推測出命運這一點，卻又提不出任何的反對證據。

我對於一切不可解釋的事，都有相當興趣，也曾在「生辰八字」上，下過一番研究功夫。我自己設想的理論是：人在地球上生活，整個星空之中，地球是如此之微小，一種在如此之微小的星體上生活的生物，如果說不受整個星空、星體運行的影響，那是說不過去的。

所以，我認為，一個人出生時的年、月、日、時、分，實際上是這一個時候，星空之間特定的一種情形，必然會影響這個人的性格，是決定命運的主要因素。所以「生辰八字」對一個人的命運，就一定有影響。

我在那一段時間內，不但致力於中國式的計算法，也曾涉獵西洋的類似方法，如「星座」對人的性格、命運的影響。

我曾發現，「星座」的計算法，遠遠落後於中國的計算法。因為根據「星座」的計算法，只有十二個星座。也就是說，人的性格、運程，只分為十二種而已，可是根據中國的計算法，六十年為一個周期，六十年中，每一月、每一日、每一個時辰，都分成不同的推算。有一種更精細的計算法，甚至於每一個時辰之中，又分為六十分，來推算其中的不同之處。

西洋的「星座」推算法，只有十二類，而中國以六十年為周期的推算法，卻可以多達一百五十萬五千五百二十種分類，比較起來，西洋的「星座」推算法，真是遠遠不及了。

在我熱中於這一方面的知識之際，我在法國，當時，我曾和一些法國朋友，他們也有這方面興趣的，一起利用科學設備，來研究這種事。我們利用電腦和計算推理上的歸納還原法來進行。

進行的方法是這樣的：將一大批同一職業的人的出生年月日時，作為原始資料，輸入電腦，找出他們之間的相同點。然後，再根據其中的相同點，來推算與相同點有着類似資料的人的將來。在這一點上，我們獲得了相當的成就。例如，我們發現，一個人的出生年月日時，對於這個人的職業，有一定的影響。作家，大都在五月出生；醫生，出生於七月，等等。

我們也曾通過有關方面，獲得了大批兇犯的資料，尤其集中於研究死因，也用同樣的方法，先儲存資料，然後再還原推算。

可是，這種工作，不久就放棄了。雖然研究工作不能說是沒有成績。但是參與研究的人，包括我在內，都覺得這種推算法，有一個解不開的死結，無論如何無法獲得圓滿解釋。

這個無法解釋的疑問是：即使依照中國人傳統的「生辰八字」排列法，已經將人的生辰分得相當細，但是，在同一時間之內，出世的人是不是命運都相同？

如果說是，同一時間出生的人，命運全相同，這很難使人相信，譬如說，難道在拿破崙、希特拉這些人出世的時候，全世界只有他們出生？

我們對這個問題研究了很久，由於沒有結論，所以漸漸令得參與研究的人，對之興趣愈來愈淡，研究工作，也就不了了之。

我的興趣轉移不定。在熱中了一個時期之後，也就擱置下來，沒有再繼續下去。直到這時，那人告訴我，這種推算一個人命運的辦法，是一個叫「賓魯達」的人傳下來的，我才又迅速地將我當年感到興趣的事，想了一想。

我心中的訝異和驚詫，自然都到了極點。何以中國人在傳統上，會有根據一個人的出生年月日時分，來推算一個人的命運這種發現，本來就是一個謎。因為這種推算法，牽涉到數字極其龐大的計算，這種計算，沒有先進的科學相輔，簡直不可思議。

如果照那人的說法，是他的同伴，來到了地球，傳下來的，雖然怪誕一點，倒也不失是一個解釋。

我望着那人，神情充滿了疑惑，那人像是看出了我的心中充滿了疑問，他不等我再發問，就道：「賓魯達已經摸到了路子，留下了大批資料，他幾乎已經可以知道事情的真相了。」

這又是我所聽不明白的幾句話。自從和那人對話以來，那人所說的話之中，有不少我全然莫名其妙，例如他曾說過，六批人，除了他以外，其餘的五批人，竟然「不知道自己從什麼地方來」！而這時，他提及賓魯達，說「幾乎可以知道事情的真相」，那是什麼意思，我也一樣不明白。

在我疑惑中，那人又道：「賓魯達的紀錄，我也全得到了，賓魯達曾和一個叫李虛中的地球人，十分接近，我相信這位李虛中，得到了這種推算法！」

我不由自主，深深吸了一口氣。不久之前，在我聽到了「王利」這個名字之際，我一時想不起他就是鬼谷先生的本名。但是李虛中這個名字，我卻絕不陌生，在根據出生的年月日推算一個人一生運程的方法上，李虛中是最早有確切記載的一個人：「唐李虛中以人生年月日之干支，推人禍福生死，百不失一。」這是有確切的文字記載的。一時之間，我眨着眼，一句話也說不出來。

那人卻像是全然不理會我驚異的反應，又像是在自言自語：「賓魯達幾乎成功了，他已經想到了用一個人的出生年月日時分來作分類，來觀察，但是他還差了一步，以至他無法知道自己是從什麼地方來的。」

我再吸了一口氣。他又提到了這個古怪的問題。我道：「那麼，你究竟是從什麼地方來的？」

那人並不回答我的話，只是道：「然而他的工作，極有價值。如果不是他已打下了基礎，我也不可能明白自己是從什麼地方來！」

這一次，是我和白素同時發問：「那麼，你究竟是從什麼地方來的？」

那人並沒有出聲，而在他的雙眼之中流露出來的那種悲哀，更加深切。

我和白素都不催他，只是等着。因為我們知道，眼前的這個人，以及他口中的楊安、賓魯達、雅倫和我在十年前曾經見過的米倫太太，一定有一個極其曲折的歷程，不是三言兩語可以說得明白的。

過了好久，才聽得那人嘆了一聲：「我，我們，從很遠很遠的地方來，太遠了，遠到了我們也無法想像的地步。」

我忍不住插了一句口：「對不起，我曾和米倫太太談過，米倫太太說，她根本是回來了，回到了出發的地方，回到了她起飛時的那個星球，這個星球，環繞一顆七等恒星運轉，本身有一個衛星，這個衛星，就是地球！所差別的是時間，你們或許是突破了時間。」

那人又沉默了半晌，才道：「這是我最初的想法，就是因為這個錯誤的想法，浪費了我許多時間。直到我後來，陸續接受了比我先到地球的其餘人的信息之後，我才漸漸明白，我們不是突破了時間，我們是突破了……突破了……」那人的聲音，從擴音器中傳出來，我一直都聽得懂，雖然有時，他所講話的含意，我不明白，但是話可以聽得懂。可是這時，他講到這裏，突然在「突破了」之後，加上一句我聽不懂的話。

我忙問道：「你們是突破了什麼？」

那人立時，又將我剛才聽不懂的那句話，重複了一遍。我還是不懂，我道：「那是你們的語言？能不能用地球上的語言告訴我？」

那人發出了一下苦澀的笑聲：「不能，我想是翻譯裝置找不到適當的地球語言，所以才原音播了出來。」

我只好苦笑了一下，試圖從上文下義，去了解這句翻譯不出來的話的意思。但是我想不出來。我猜想這句話的意思，多半超乎地球人的知識範圍之外，所以我無法了解。

我只好將之暫時擱在一邊，不再去探究。我心中的疑問極多，我和那人之間的對話，已經持續了很久，但是我可以說，仍然沒有得到什麼具體的解答。

趁這個時候，白素沒有出聲，那人也沒出聲，我迅速地在心中，將我和那人的對話，回想了一下，在內心中整理出一個頭緒來。

在那人的對話之中，我知道這個人和米倫太太，以及另外四批人，來自一個不可測的所在，到達地球。他們到達地球的時間，以地球時間來計算，上下竟相差達四千年之久。不過照他們的說法，那只不過是一種「小小的差誤」。

他們六批人，來到地球之後，各有各的活動。照眼前這人和我的對話之中所提供的資料，至少已可知道，有一個叫楊安的，到達最早。這個楊安，他在地球上的活動，是和一個叫王利的地球人接近，並且傳授了王利不少知識。於是，這個王利，就成為中國傳說中的一個有鬼神莫測之機的神仙式的人物。

除了楊安之外，還有一個「他們的人」叫雅倫。這個雅倫，在地球上做了一些什麼事，不可考，但是他對地球人的生活，一定有相當程度的了解，因為他曾經將一批黃金，存進了南美一家銀行。

這筆存款後來由姬娜動用。而姬娜之所以可以說得出密碼來，當然是由於雅倫曾將這件事記錄下來，並且發出信息，而讓眼前這人收到了的緣故。

還有，最可憐的是米倫太太，米倫太太在到達地球之後，發現一切全不對頭，她幾乎沒有展開任何活動，只是在極度的迷失和哀傷之中，過了十年幽居的生活，而最後死在海中。

除此之外，還有一位「他們的人」，是一千多年前到達地球的，這個人，傳下了以一個人的出生年月日時分來推測命運的方法。

再就是眼前這個人，他發出了信息，因為姬娜收到了這種信息，而來到這裏。這個人就和姬娜一起生活了十年。在這十年之中，他不斷用自己的思想去影響姬娜，使得姬娜寫下了一部《天書》。而實際上，《天書》不是姬娜寫，是由這個人寫下的，他並且還聲稱，在這部《天書》之中，記下了地球上的一切事、一切人！除了已經知道的之外，應該還有一個「他們的人」到達地球，但這人並沒有告訴我，所以我也不知道。

在我思索了片刻，整理了我所知的資料之後，我總算已多少得到了不少解答。我也發現，那人所說的話之中，凡是我聽來莫名其妙的，不能明白的一些，幾乎都和這個人從什麼地方來有關。

所以，我決定暫時拋開枝節問題，先弄明白他究竟從什麼地方來。

在弄明白這個問題之後，其餘的疑問，也許就不再成為疑問了！

我定了定神，我看到白素像是正要開口問什麼，我忙做了一個手勢，不讓白素發問，我直視着那人：「你的談話，已經解答了我心中不少的疑問。可是最大的疑問，還沒有解決。」我說到這裏，頓了一頓，才緩慢而又清晰地道：「請問，你究竟是從什麼地方來的呢？」

我在問出了這個問題之後，白素向我點了點頭。我明白她的意思，那是表示，她也正想問這個問題。

我等着那人的回答，不過在開始的一分鐘內，擴音器中並沒有傳出那人的話聲，只是傳出了一連串難以辨認的單音，聽來倒有點像是一個人在啜泣。

然後，在大約一分鐘之後，才又聽到那人的聲音，那人道：「我該怎麼說，才能令你們明白？」

我道：「只要說出實際的情形來，那就可以了。」

在我這樣說了之後，那人仍然好一會沒有聲音自擴音器中傳出，顯然他仍未決定該怎麼說才好。在這時候，白素低聲講了一句：「你來的地方，和地球極其相似？」

白素的這一句話，立時有了反應，那人先發出了一下苦笑聲：「什麼『極其相似』，簡直一模一樣！」

我呆了一呆，道：「你的意思是在宇宙之中，有其一個星球和地球完全一樣？那就是你來的地方？」

那人又停了片刻，對我的問題，卻並沒有直接回答：「好，我們就從宇宙開始說，在你的知識範圍看來，宇宙是什麼？」

我吸了一口氣，我不明白他為什麼要「從宇宙開始說」，而且，他的問題，也絕不好回答。「宇宙是什麼？」這個問題，應該如何回答才好？看來，我非回答他這個問題不可，不然，他不會繼續說下去。

我想了一想，才道：「一般來說，宇宙是許多許多星體的一個組成。大到不可計算，其中的星體，也多到不可計算。」

那人對我這樣簡單的說來，居然表示滿意。他發出了「嗯」的一聲：「可以這樣說，我再問你，宇宙是不是有邊緣，不論它如何大，是不是有邊際？」

我又想了片刻，才小心道：「這個問題，只怕沒有人可以回答你，因為我們生活在地球，地球是宇宙之中，萬萬億星球中的一個極小的星體，地球上生活的人，無法了解宇宙，就像是一滴污水中的阿米巴，無法了解地球一樣！」

那人再度苦笑：「這個比喻倒不錯，阿米巴不了解地球，是快樂的阿米巴，當他了解了地球之後，他就是痛苦的阿米巴了！」

我聽得出他話中的含意，說道：「那麼，你已經了解了宇宙？」

那人對我這個問題，又是好一會不出聲。寂靜中，在感覺上時間過得極慢。好一會，那人才道：「我們六批人出發的目的，就是想探索宇宙究竟有多大，是不是有邊緣，這是一個長時間飛行的計劃。參加這個計劃的飛行員，都打定了犧牲的主意，因為誰也不可能知道要飛多久，飛多遠。」

我想起了在米倫太太的那艘太空船之中看到過的一連串航行圖，她的航程之遠，確有點不可思議。所以我點了點頭，表示我明白他的話。

那人的聲音繼續道：「我們起飛的日子，相隔不遠，在起飛之後，和基地，以及相互之間，還有聯絡。可是在若干時日之後，所有的聯絡完全中斷。我不知道其他人的情形怎樣，我只是獨自在浩渺無際的太空中飛行，經過了許多星球。」他講到這裏，略停了一停：「在我們那裏，時間、空間的相對理論，早經證實了。」

我道：「先別理會這些細節問題，你還是集中力量說本身的主要問題好了。」那人停了片刻：「在長期的飛行中，時間幾乎停滯，對飛行者不發生多大影響，這是一種相當奇妙的感覺，我一直向前飛，經過一些星球，有的是早在我們的知識範圍之內的，一直到紀錄儀上的航程表，表示我已經越過了我們在宇宙研究的範圍之外時，我才接觸到了一種新的境界。」

我十分耐心地聽着那人在敘述他飛行的經過，實際上我已經很不耐煩，因為說來說去，他還是沒有說明他從什麼地方來！

可是我也沒有去催他。因為我至少了解到，他要解說自己是從哪裏來的，一定不是一件容易的事。只好讓他從頭慢慢說起。

那人繼續道：「到達了那一境界之後，我知道自己實在是飛得極遙遠了，可能真的已經到了宇宙邊際了。」

他停了一會，才又傳出聲音來：「請你按下左邊那一組掣鈕中那個金色的掣，我當時一面飛行，一面攝影，你看了圖片，印象會深刻一點。」

我立時走了過去，按照他所說，按下了那個掣。那個掣才一按下，整個船艙（我相信我這時所在的空間，是一個太空船的船艙）的頂部，就出現了一個巨大的銀白色的屏，接着，銀白色的屏上，出現了迅速變幻不定的各種色彩和各種圖形。那人的聲音又傳了出來，道：「你看到那一組推桿沒有？將水平推桿推到五〇三三的刻度上，垂直推移到一九七〇四的刻度上。」

我依照他的吩咐去做，兩支推桿推到了他所指定的刻度之後，頂上的整個屏，立時呈現一種極深的深藍色。我從來也未曾看到過那麼深的藍色，可是那又使人感到，這是藍色，不是黑色，它雖然深，但是看起來，無窮無盡的深邃通明。在一大片深藍色的右方，是兩團看起來極其遙遠的星雲，在它的左方，則是一條極寬的，橫亙着的，深不可測的黑色帶狀物體，看來像是實質。

這種情景，看來極其駭人，我道：「這……是什麼地方的情景？」

那人的聲音道：「你看到那兩團星雲了？這兩團星雲，地球人還不知道它們的存在，因為離地球太遠了。我們當時，也對這兩團大星雲了解不多。我拍攝這幅圖片之際，已經離這兩團大星雲極遠，那兩團大星雲的體積極大，離地球是一千兩百光年。」

我吸了一口氣，呆了片刻，才道：「你為什麼拿地球來比較，這兩團大星雲離你們的星體多遠？」

那人道：「你聽下去就會明白。在穿過了這兩團大星雲之後，我繼續前進，太空之中，竟連一顆星體也沒有，只是浩渺無際的空蕩，這一大片空蕩，我的估計，接近一萬光年。所以，我當時想，我一定已經成功地來到宇宙邊際了。」

白素容易留心小問題，她問道：「為什麼要估計？應該有準確的紀錄！」

那人道：「是，準確的記錄不到一萬光年，你看到左方的那一條黑帶？」

我和白素一齊道：「那是什麼？看起來，異常陰森可怖。」

那人道：「我也不知道那是什麼，在我拍攝了這幅圖片之後不久，太空船就不受控制，直向那條黑色的帶中衝進去。」我失聲道：「宇宙黑洞！」

那人立時道：「我不認為那是宇宙黑洞。在我的飛行中，已經遇到過不少宇宙黑洞。對於黑洞，我有足夠的了解，而且，完全記錄下來。在宇宙飛行之中，完全可以避開黑洞的強大引力，但是我卻無法避開那一條寬闊的黑色帶。」

我聽得十分緊張，忙道：「那麼，你的太空船……」

那人道：「不論我怎麼努力，我的太空船被吸進了這股黑色地帶之中。請你再按一下那掣。」

我又按下了那個掣，屏上出現了一片深黑色，什麼也沒有，只是一片深黑，在深黑之中，好像有許多「旋」，但是也看不真切的。我向那人望去，那人的聲音繼續傳出來：「在這條黑色的帶中，我什麼也接收不到，也無法通過任何儀器看到任何東西，只是一片黑色，太空船完全不受控制，一切儀器盡皆失靈。我以為我一定完了，再也沒有機會回去了。可是，突然之間，忽然又出現了轉機！請你再按一下掣。」

我再按下那個掣，屏上的黑色消失，又是一片深藍，而且，一邊是兩大團隱約可見的星雲，另一邊，是一條寬闊的黑色帶，和第一幅顯示的，完全一樣。

我道：「這幅圖片，我們已經看過了。」

那人道：「請留意它們的不同。」

我道：「一模一樣，沒有什麼不同！」

白素卻道：「有不同，和第一幅圖片相反。」

一經白素指出，我也立即覺察到了這一點，忙道：「是，方向掉轉了，但那不算是不同，一定是你回航了，才會有這樣的不同。」

那人道：「你現在的想法，和我當時的想法，正是一樣。當我一脫出那黑色帶，又看到那兩團星雲，而那兩團星雲又在我的前方，我就自己告訴自己：

我回航了。何以我會回航，我想不出，我猜想，那條黑色的帶，是宇宙的邊緣，而我的太空船未能闖過宇宙的邊緣，一定是被一種不可知的力量，反彈了回來，所以我又回航了。」白素皺着眉：「當時你這樣想，相當合理。」

那人苦笑一下：「我想，回航正是我的願望，我已經見到了宇宙的邊緣，而且有了紀錄，回去之後，可算是一個極其重大的發現。在回程中，我十分興奮，輕鬆，因為我成功地完成了一次偉大的航行！」

那人講到這裏，又略為停了一停。我和白素交換了一下眼色。那人這一大段的叙述，並沒有什麼晦澀難懂之處，我完全可以了解。可是我在聽了之後，卻仍不明白他為什麼要從頭説起。

過了一會，那人才道：「若干時日之後，我又穿過了那兩大團星雲，展示在我眼前的，全是我所熟悉的星體，我真是回航了。我越過了許多星體，這些星體，在我前進時，全曾經通過。在有的星球上，我甚至曾降落過，留下了詳盡的紀錄，所以，當它們一出現在熒光屏上，我完全可以肯定，它們就是我曾見過的那些星體，我愈來愈接近出發點了。」

我愈聽，心中愈是疑惑不已，因為我實在不明白他究竟想說明什麼。

那人的聲音，聽來低沉而緩慢，續道：「在飛行紀錄儀上，每一個星體和星體之間的距離，也和我前進之際，所記錄到的距離，完全一樣。」

我聽到這裏，忍不住悶哼一聲，說道：「當然一樣，第一次你是向前去，這一次你是回航，不會有什麼變化，那何足為奇？」

那人像是根本沒有聽到我的話一樣，只是自顧自道：「終於，我看到了阿芬角星雲。」我吸了一口氣，阿芬角星雲，是人類天文知識的一個極限，對這個星雲，人類所知道很少，只知道它極太，極遙遠，而且確實存在，如此而已。可是聽那人的口氣，一見到了阿芬角星雲，就像是快已到家了。由此可知，他航行的歷程之遠，實在不能想像。那兩團大星雲，那股橫亙的黑色帶狀物體，究竟是在什麼地方，全然不可想像，或許，真是在宇宙的盡頭？

我在想着，那人仍在繼續說下去，道：「過了阿芬角星雲之後就是蜈蚣星座、金牛星座、昴宿星座，我愈來愈興奮，等到我終於駛進了銀河系之後，我興奮得大叫起來。」

那人説道：「我開始和基地聯絡，報告基地，我已經成功地回航了。」

我吞了一口口水，沒有打斷對方的叙述。

白素的神情看來也很緊張，她緊鎖着眉。看她的神情，像是正在苦苦思索着什麼，不過還沒有結果。

那人頓了一頓之後，又重複了幾次：「我回航了，我回航了。」然後又道：「上次，一飛出銀河系的邊緣，我和基地的通訊就中斷，在回航之後，我又飛進了銀河系，照説，一定可以和基地開始通訊？可是，不論我發出多少訊號，卻一點回音也收不到。起先，我以為是通訊儀器有了故障，但是經過詳細的檢查，卻一點毛病也沒有。通訊儀器完全沒有壞，但我卻收不到基地的訊號。這時候，我已經開始疑惑了。」

他的聲音愈來愈低沉，又停了一會，才道：「我不知其餘的人怎樣想，但是我相信，楊安、雅倫、米倫夫婦他們，當時一定有和我相同的經歷。」

白素「嗯」地一聲：「當然，他們和你一樣，結果到了同一地方。」

我道：「什麼『到了同一地方』！他們全回到了原來出發之處。」

白素沒有和我爭論下去，只是凝視着那人。自擴音器中傳出那人的一下苦笑聲，和又一下嘆息聲，然後才是語聲。

那人續道：「雖然收不到任何信息，使我的心中十分疑惑，但是我仍不覺得怎樣，因為在不久之後，我就看到了太陽系，那是我再熟悉也沒有的了，飛過了冥王星、海王星，家鄉簡直已經在望。我一直想和基地聯絡，但是也一直沒有回音。終於，我穿破了地球的大氣層，降落在地球的表面上。」

我攤開了雙手，大聲道：「看！你回來了！只不過因為時間上的差異……」

我還想繼續發揮「時間差異論」，想說明那人和他們的同伴，原來就是從地球上出發的，只不過在回來的時候，突破了時間的界限，倒退了幾萬年，或者是早了幾萬年。可是我的話才講了一半，就被白素不耐煩地打斷了我的話頭：「你別發表意見，讓他說下去！」

我楞了一楞，白素很少這樣打斷我的話。而她之所以如此，那一定是我的話十分愚蠢，犯了極大的錯誤。可是，我卻又想不出自己的話有什麼錯。

我當時，只好眨着眼，不再說下去。

那人道：「衛先生的想法，也正是我一開始的想法。你們都已經知道，當我降落地球之後，發覺一切全然不對。除了抬頭向天空，還有我熟悉的星體之外，其餘的一切，完全不對！」

我道：「米倫太太的遭遇和你一樣。星空永恆，地球表面上的一切，卻全然改變。」那人全然不理會我的話（這一點，令我相當氣惱），只是道：「我降落地球之後，一些大致的過程，你們已經知道，我也不必再說了。後來雖然受了傷，不能動，可是在姬娜的幫助下，我的腦部，卻可以直接和這裏的所有裝置聯絡，成為其中的一部分。在我開始取得了其餘各人發出的訊號之後，作了仔細的研究，我明白，我不是回來了。」我忍不住又想開口，可是想到那人往往不理會我說些什麼，就賭氣不再開口。

那人道：「我不是回來了！你們還記得那黑色橫亙在太空中的帶狀物體？我在衝向前去之後，經過了一段航程，才又見到了回程的景色。」

我不出聲。白素道：「是的，自那一刻起，你以為自己是回程了。」

我咕噥一聲：「難道不是？」

那人道：「我曾假設那是宇宙的邊緣，而我無法通過，所以被反彈了回來。」

出乎我意料之外，白素竟然立時接了一句口：「事實上，你通過了，而你不知道！」我立時向白素瞪着眼，想說她在胡說八道。可是我還沒有機會開口，那人的聲音之中，充滿了傷感：「是的，我通過了那黑色帶，我不知道！」

我「哼」地一聲道：「你說那黑色帶是宇宙邊緣，那麼，在你通過了那黑色帶之後，應該已經闖出了宇宙，到達了一個新的境界，怎麼又會見到了前進中見到過的那兩大團星雲？」

我問了這個問題之後，那人好一會不出聲，我雖然沒有再催他，可是神情不免有點「你也答不上來了吧」之感。就在這時，白素突然道：「鏡子的比喻，或者可以使他明白。」

我怔了一怔，白素是在對什麼人說話？她是在對那人說？那算是什麼意思，難道她已經明白了那人的話？而我還不明白？

第十二部

無數宇宙無數地球
一切相同重複

正當我想要問白素之際，那人的聲音又響了起來：「是的，鏡子，鏡子，鏡子。」

他接連講了三次「鏡子」，聽得我有點無明火起。他立時又道：「衛先生，假設你在一條跑道上，駕車疾駛，而跑道的盡頭處，有一面極大的鏡子，在感覺上，會怎樣？」

我本來並不想回答這個問題，因為聽來十分無聊。可是我想了一想，心中陡地一動，覺得自己已經捕捉到了一些什麼，可是卻還理不出一個頭緒來。

我思緒中一捕捉了這一點，就開始感到自己一定未曾想到整件事情之中一個極其重要的關鍵，所以我立時心平氣和了許多。

在我還不知道該如何回答之際，那人的聲音又響了起來：「你假設道路極寬闊，而前面的『鏡子』又極其巨大。」

我又想了一想，才道：「在這樣的情形下，我會感到路一直在延長，並不是到了盡頭。」

那人道：「是的，你如果一直向前駛，那會怎樣？」

我揮着手，道：「自然是撞向那巨大之極的鏡子——」我講到這裏，心中又陡地一亮，道：「你的意思是說，那條黑色帶，就是鏡子？」

那人道：「鏡子只不過是一種比喻。在鏡子的比喻之中，如果你繼續向前駛，結果一定是撞破了鏡子，是不是？你很難想像的一種情形是：駛進了鏡子中！」

我呆呆地站着，像是傻瓜一樣地眨着眼。「駛進了鏡子中」，這種話，的確不可想像。

如果真有一面碩大無朋的鏡子，在鏡子中的一切，自然和鏡子之外，完全一樣，只不過方向相反，鏡子中的一切，全是虛像，鏡子一被撞破，一切鏡中的東西也就消失了。

而那人說「駛進了鏡子中」，這是什麼意思？這……這難道是說……

我想到了這裏，陡然之間，我明白了！

我不由自主，發出了一下呼叫聲來：「你，你是說，你當時不是被黑色帶彈了回來，而是衝過了黑色帶，進入了黑色帶的另一邊？你不是回航，而是繼續前進？」

當我發出這個問題之後，我首先聽到白素吁了一口氣，像是在說：「你終於明白了！」接着，便是那人的聲音：「是的，我突破了那黑色帶，繼續前進，黑色帶是一個界限，而界限的兩邊，完全一樣，只不過方向不同，恰如實物與實物在鏡中的影子。」

我張大了口，一時之間，一句也說不出來。

黑色帶是一個界限，界限的兩邊，完全一樣，此所以那人在衝過了黑色帶之後，又見到了那兩團大星雲，而星雲的方向相反，才使他以為自己在回航，而不知道自己在繼續前進！他一直在前進，一直到了地球，而這個地球，是我們的地球，並不是他們的地球，他到達的，「是鏡子中的地球」，或者說，他來的那個地球，是「鏡子中的地球」！

我一面迅速地想着，一面覺得喉頭有點發乾。白素伸過手來，握住了我的手，低聲道：「當然令人震驚，但宇宙本來就不可測。」

我努力咳了幾下，清了清喉嚨，直視着那人：「你的意思是，一共有兩個宇宙？」

那人道：「如果只有一面『鏡子』，那麼就可以簡單地理解為兩個宇宙。如果『鏡子』有兩面，而又是相對排列的，那麼……」

我失聲道：「那麼，就可以有無窮宇宙！」

那人道：「是的，應該是那樣！」

我用力抓着頭，思緒上一片混亂。白素道：「就假設是兩個宇宙，這兩個宇宙中的一切，全一樣？」

那人的語意肯定：「完全一樣，不但星體一樣，連在星體上的生物的活動，也完全一樣！」

我「咯」地一聲，吞下了一口口水：「你是說，在我們地球上，一切人的活動，和你們地球上……一樣？」

那人道：「是的，這裏將發生的事，在我們那裏，早已發生過了。」

我再吞了一口口水：「可是……為什麼，會有時間遲、早之分？」

那人又沉默了片刻，才道：「或許仍然可以用鏡子來作比喻。你對着一面鏡子，搔了搔頭，可以看見鏡子中的你，也在搔頭，兩者之間的動作，看來同時發生，但是實際上，兩者的動作之間，有極其微小的時間上的差異，因為差異實在太小，所以根本覺察不到。」

我點了點頭，表示明白。

那人又道：「這種極微小的差異，是因為你和鏡子之間的距離近。如果將鏡子和你之間的距離拉遠，時間上的差異，也會愈大。這種差異，和光的進行速度相同，成為一種恆數。也就是說，鏡子和你之間的距離是一光年，那麼，時間上的差異，就是一年了。」我伸手在臉上撫摸了一下。我已經進一步明白了。距離相差一光年，時間就相差一年。從地球到那股黑色帶的距離是多少光年，時間就相差多少年！那距離，是不可測的巨大，也就是說，那人的地球，和我們的地球上所發生的事，差了不知多少萬年！

在他們的地球上，早已發生過的事，在我們的地球上，也遲早會發生的！你對着鏡子搔頭，鏡子中的你，一定也搔頭，而不會變成別的動作，只不過鏡子中的搔頭動作在什麼時候發生，要視乎你和鏡子間的距離而定，它肯定會發生！

等到我明白了這一點之際，我實在覺得以前感到好笑的事，一點也不好笑了。那人說過，他在他寫下的《天書》之中，記錄了地球上一切將要發生的事，一切人的命運，那又有什麼稀奇？這並不是他的「預測」，而是在他們那裏，早已發生過！

他也曾經問過我：「昨天發生的事，你是不是知道？」昨天發生的事，自然知道。而在我們地球中將要發生的事，對他來說，就像昨天發生的！

我和白素互握着手，愈來愈緊，兩人的手心中，都在冒汗。

那人又道：「我明白了，我相信其他的人並不明白。」

我喃喃地道：「是的，米倫太太就一點不明白，她一直以為自己回到了家鄉，卻不知道她是進入……進入了『鏡子之中』。」

那人道：「現在，你相信我所寫下的一切，真是一本《天書》？」

我喃喃地說道：「自然相信！你在《天書》中，記錄了多少年的事？」

那人道：「不多，不過一萬年。」

我又喃喃地道：「一萬年……當然不算多，不過……也夠多了。」

那人道：「有關於你們地球上的人，所有的人，我就根據他的出生年、月、日、時分來分類。在我們那裏，在這個時辰出世的人的命運，也就是你們這裏，這個時辰出世的人的命運，這是早已肯定了的，絕不會改變，我在《天書》中寫下的，用這裏的資料分析儀一分析，一個人一生的命運、遭遇，立時可以知道，因為那是早已發生過的。」

他講到這裏，停了片刻：「兩位想不想知道你們日後，到這一生的終結，將會發生，肯定發生的一切？」

一聽得他那麼說，我不禁感到了一股極度的寒意！我幾乎連想也不想，就出聲叫了起來：「不！我不想！不想預先知道的！」

白素也吸了一口氣，跟着道：「我……我也……不想。要是全知道了……」

她沒有向下說去，但是我知道她的意思。她沒有說出來的話是：「要是全知道，而又無法改變，那麼，今後的歲月，活着還有什麼意思？」

正因為一切將來的事，一定會依照已經發生過的發生，絕不能改變，所以，不知道實在比知道更好！

那人低嘆了一聲，説道：「你們不想知道，但是姬娜卻想知道，她知道她自己一定會在死後，連屍體都沒有法子保存得好，她對這一點，感到十分悲哀，她一直設法，想改變她已知道的事實！」

我一聽，毫無目的地打了幾個轉。姬娜曾到處向殯儀專家詢問保存屍體的辦法，我一直以為，她有一具屍體需要處理。她甚至向頗普——那個雜貨舖老闆——訂購了保存屍體需要用的一切化學藥品！

可是，實際上，她要處理的屍體，就是她自己！她希望自己的屍體，不至於腐爛。可是，即使這一點小小的願望，她也無法達到。她不能改變已經發生過的事！她的屍體，在熱帶森林中，被我拖走了十天，到我終於不得不將她埋葬的時候，她的屍體已經腐爛得……我實在不願意再形容下去了。

我和白素兩人怔怔地互望着，實在不知該説些什麼才好。那人又道：「姬娜其實不十分相信資料分析的結果，她只是疑信參半。而且，由於我説得極其肯定，她對我起了一定的反感。在這樣的情形下，她才離開了我，她想去改變自己的命運，然而結果，她的命運，正是早已發生過了的事。」

我盡量使自己鎮定，姬娜的行動，倒是可以理解的，她自然無法知道，她的試圖改變，也是早已發生過的——一想到這裏，我陡地震了一震，說道：「對不起，我又糊塗了！譬如說，姬娜、我們，遇到了你，也全是早已經發生過的事？」

那人道：「當然是的。」

我又說道：「在你們的地球上？」

那人道：「是的。」

我喘了一口氣，道：「這就有點不可理解了。難道在你們地球上，也早有一個來自另一個地球的人，到過你們的地球？」

那人的聲音聽來十分乾澀：「這又牽涉到『鏡子』的問題了。我們剛才說過，如果只有一面鏡子，那自然只有兩個相對的宇宙，如果有兩面『鏡子』的話……」

他還沒有講完，我已經叫了起來：「那就有無數的宇宙，無數的地球！」

那人的聲音有點無可奈何：「恐怕是的。在你來說，我比你們先進了幾萬年，但我又可能比另一個地球上的人落後幾萬年。同樣的，你們又可能比某一個地球上的人，進步幾萬年。鏡子中的一切，一個一個傳遞下去，宇宙是不是有邊際，我實在說不上來。」

我望着那人：「那麼，你自己……」

那人道：「我？我當然推算過我自己，維持我最後生命的藥物，已經用完，在地球上又找不到，所以，我已經到了生命的盡頭。從現在算起，只有三十一分二十秒。」

我吃驚道：「然後……」

那人的聲音平靜：「當然是死亡！」

我揮着手，實在說不出什麼安慰的話來，好一會，我才道：「其實，所謂死亡，根本還沒有開始！」

那人道：「沒有開始又怎麼樣！開始了之後，還不是一切依照已經發生過的再來一遍？」

我覺得無話可說，那人道：「你是不是想讀懂《天書》的內容，現在該有一個決定了。請將你的決定告訴我，因為我時間已經不多，要教會你使用翻譯儀器，並不簡單。」

我望着那一大疊稿件。

稿件是《天書》。我已經確信這一點。將《天書》翻譯出來，我可以預知在地球上將會發生的一切事。也可以預知地球上一切人的命運，而時間長達一萬年之久。

我讀懂了《天書》之後，就可以成為真正的先知！

這實在是一個極大的誘惑。古往今來，哪一個人不想預知將來？（這一點也很奇怪，將來應該不可測，但是人類一直頑固地相信有方法可以推測將來，就像是人類隱約知道將來其實是早已發生過的事！）

我望着，心中猶豫不決。就在這時候，白素大聲道：「不！我們不想知道《天書》的內容。」

我陡地向白素望了過去，不知道她何以回答得如此肯定。本來，對於是不是要知道這部《天書》的內容，我仍然在猶豫不決，可是一聽得白素這樣說，我也覺得十分突兀，忙道：「為什麼不要？這裏面記載着那麼多未來的事情，要是我們知道了……」

白素向我走出了一步：「知道了又怎麼樣？」

我大聲道：「如果知道了，那我們就是先知！是這個星球上最偉大的人！」

白素的神情很鎮定：「是的，或許最偉大，但也是最痛苦的人！」

我吸了一口氣，白素立時又道：「我們讀了《天書》，知道將來要發生的事，不能夠改變，一切悲哀的事，都只好眼看它發生，這豈不是最痛苦的事？」

我道：「可是……」

白素揮了揮手，打斷了我的話頭：「而且，人的一生，到頭來一定是死亡，如果極其確切地知道自己什麼時候會死亡，這是什麼滋味？不論還有多少年，但是死亡的陰影，卻一直籠罩着！我實在想不出，這樣的生活，還有什麼樂趣可言！」

我被白素的話，說得一句話也答不上來。

就在這時，那人微弱的聲音，傳了出來，道：「請快點決定，我時間已不多了！」

白素的神情更堅決：「我們完全不想知道《天書》的內容！」

她一面說，一面突如其來，作了一個我絕未曾料到的動作。她在和我爭辯之際，已經離得我相當接近，這時，她陡然一伸手，竟在我毫無防備的情形下，將我手中的那一疊稿件，全搶了過去。

我大聲叫道：「你想幹什麼？」

我一面叫着，一面想將之搶回來。可是白素的身手，本來就不在我之下，她有了準備，我想在她的手中，奪回東西來，就不那麼容易。我連出了兩次手，皆未成功，而白素已迅速地退到了一列控制台之前，一伸手，將手中那疊稿件，向着一個圓筒形的入口處，陡地拋了下去，同時，望定了那人，叫道：「銷毀它！」

我還未曾知道發生什麼事之間，就在白素的一下呼喝之後，那金屬圓筒中，傳來「轟」地一聲響，一篷火光，冒了起來。

那篷火光青白色，一望而知，是溫度極高的火燄。而那疊稿件，寫在各種各樣的紙張上的，火光才一冒起，就看到一大篷紙灰，向上升了起來。我發出了一下怪叫聲，向前疾撲了過去，一團紙灰恰好向我迎面撲了過來，我一伸手，抓了一把紙灰在手，再向那金屬圓筒看去，看到圓筒中的紙灰，在迅速消失，轉眼之間，除了幾縷青煙之外，什麼也不剩了！

我呆呆地站着，隔了好久，才向白素望去，白素有點抱歉地望着我，可是她顯然未對她的作為有任何內疚之感。

我有點懊喪：「你怎麼知道將東西投進那金屬圓筒中，就可以銷毀？」

白素道：「我比你更注意四周圍的一切，我早就看到那金屬圓筒之中，有一些灰燼，我猜想那是要來銷毀東西用的。同時，我也想到，我們的朋友，他一定還有力量，可以開啟這個裝置，果然，果然……」

我苦笑了一下，接了上去：「果然給你料中了！」

我一面說着，一面無可奈何地攤開手。

當我攤開手來之際，我不禁發出了「啊」地一聲。我在衝向前來之際，曾有一團紙灰飛舞升起，被我一把抓住，我一直握着拳。直到這時，攤開手來，我才發現，在我手掌之中，還有着一片小小的殘剩紙片，沒有燒去，而在那紙片上，還有着幾個字！

我望着手掌心的那紙片，立時又抬起頭來，白素忙道：「聽我說，對於將來的事，知道了，一點好處也沒有！」

我也忙道：「整部《天書》已經銷毀了，就讓我知道這一點點，有什麼關係？」

白素苦笑了一下，我立時轉身，向那人望去，說道：「我想知道這一角紙片上，你寫下了什麼。翻譯機怎麼使用法，請告訴我！」

那人的聲音傳了出來：「你看到那一組淡黃色控制鈕？那便是翻譯裝置的控制，你將這紙片上的文字，對準其中的一個有着接近符號的掣鈕上……」

他一直在指導着我如何使用翻譯裝置。正如他所說，使用起來，相當複雜，他一直不停地說了十分鐘左右，我才算弄明白了一個大概。我立時照着他所說的方法，按動了一連串的掣鈕，在我面前的一個熒光屏上，開始閃耀出文字來。

那人早已說過，他們的文字，代表的意思相當多。但是我卻再也想不到，那小紙片上，看來只不過三五個字，所代表的意思，竟是那麼多，在熒光屏中閃耀出現的英文單字，竟有上千個之多，有的根本是文意完全不連貫的，那自然是燒剩的字只剩下了一部分之故。我猜，文意連貫的那五六百字，只是小紙片上三個完整的字所化出來的。我一面看，一面心驚。

我轉過頭去，想叫白素一起來看，但是白素看來對之一點興趣也沒有，她在傳出那人聲音的擴音裝置之旁，望着那人，全神貫注。

我注意到，自擴音裝置之中，還有微弱的聲音傳出來，白素還在和那人交談，不過，看來那人的生命快要結束了，他發出的聲音如此微弱，我距離得相當遠，已經完全聽不清楚那人在說什麼。

我道：「你快來看，《天書》的內容如此豐富，如果整部《天書》全在，我們只怕花十年的時光，也看不完！」

白素卻像是沒有聽到我的話一樣，仍然在用心聽着，我向她走過去，她向我作了一個手勢，示意我不要出聲，過了約莫一分鐘左右，她才吁了一口氣：「我們的朋友死了！」

我怔了一怔，向那人望了過去。那人本來就像是死人一樣，自從我見他起，他的全身，完全沒有動過。這時，他仍然一動不動地坐着。可是我卻可以分辨得出，的確，他已經死了。他的雙眼仍然睜着，但是，雙眼之中，只是一片茫然，而不再有那種深切的悲哀。

我慢慢走向前去，伸手，撫下了他的眼皮：「我們怎樣處理他的遺體？」

白素道：「他臨死之前，已有安排，這裏的一切，快要毀去，我們立即離開吧！」

我忙道：「你還沒有看到翻譯出來的那一角《天書》！」

白素道：「我不想看！」

我發急道：「就算你不想看《天書》，這裏的一切裝置，全是那麼先進，每一個零件拆出來，都可以叫科學家大開眼界！有什麼法子可以停止那人的安排？」

白素道：「沒有！」

我叫了起來，道：「你使人類的科學，遲緩了不知多少年！」

白素對我的大聲疾呼，竟然完全無動於中：「這一天，總會到來的！」

我道：「我可以令之提早！」

白素道：「你能改變既定的事實？」

我呆了一呆，白素不等我再說話，已拉着我，向外直奔了出去。我實在想將這裏的東西帶點出去，可是白素一下子就將我拉得奔了出去，來到外面，那個只有金屬圓柱的地方。

我一伸手，按住了那金屬圓柱，叫道：「等一等！可以商量一下。」

白素道：「除非你準備死在這裏！」

我十分氣惱，道：「如果我是應該死在這裏的，誰也改變不了！」

白素笑了一下：「你不應該死在這裏，也不能在這裏得到什麼！」

我不理會她，還想掙扎，可是就在這時，處身的所在，溫度陡地提高，白素叫道：「快走！」

溫度一下子變得如此之高，簡直就像是置身在火爐之中一樣，我手按着那金屬圓柱，也變得滾燙，我一縮手，又被白素拉着，向外奔去。

當我們奔出了那個山洞之際，我甚至聽到了頭髮發出「滋滋」的聲響，和聞到了一陣焦臭味。一出了洞口，我和白素倒在洞外的草地上。我期待着自山洞中會傳出巨大的爆炸聲，或是整個山洞崩坍的聲音，可是卻並沒有這些現象。只是有一股各種顏色的氣體，自山洞中冒了出來，立時被風吹散。

過了好一會兒，我坐起身來：「那太空船，已經不存在了？」

白素道：「是的，他告訴我，一切全化成氣體。」

我眨着眼，嘆了一聲：「我們不知花了多少心血，為了想弄清楚姬娜給我的那些稿件上，寫着的是什麼。我們終於知道了那是一部如此驚人內容的《天書》，可是你卻全然不想知道它的內容。」

白素站了起來，掠了掠頭髮：「至少，你已經知道了一部分內容，我不以為你知道了那一小部分內容之後，還想知道全部！」

聽得白素這樣說，我默然半晌，才道：「你怎麼知道？你已經在熒光屏上看到了那段文字？」

白素道：「沒有，我既然已打定了主意，不想知道《天書》的內容，就不會再去看一點點。我從你臉上驚恐的神情，看出你讀到的那一段內容，一定令你十分震驚！」、

我不由自主喘着氣：「是的，那……」

白素一伸手，捂住了我的口：「等一等，先聽我說了再開口！」

我點了點頭，不知道她要說什麼。白素放下手，神情極之嚴肅：「你知道了一件將會發生的事，這件事，令你震驚、駭然，甚至害怕。你明知這件事會發生，絕對沒有任何力量可以改變。從知道的那一剎間起，你已經開始擔心，你心中極度徬徨，不知該如何才好，這件事成為陰影，一直盤踞在你的心中。你仔細想一想，我是不是有必要，和你同受這樣的痛苦？如果你認為有這個必要，那麼，就請將你看到那一角《天書》的內容告訴我！」

白素講完之後，一直望着我，我的心情極其苦澀，過了好一會，我才道：

「不必了，我不會將我看到的《天書》的內容告訴你，也不會告訴任何人，就讓它在我一個人的心中好了，沒有必要讓這種痛苦傳播開去。」

白素十分同情地握住了我的手，我苦笑着。白素道：「我早已對你說過，我們不應該知道《天書》的任何內容！」

我道：「算了，我還可以承受得起，就算是對我想預知將來的懲罰吧！唉！姬娜甚至為那人準備了棺木，可是她自己卻……」

我們向直升機走去，直到這時，我才留意到，在山谷中的，那座引得我們降落的那個天線型的裝置，也消失無蹤了，只是在地上留下了一個相當深的洞，叫人知道這地方原來有什麼東西豎立過。

上了直升機，不多久，就回到了白素在山中紮營的地方，我在營帳前躺了下來，喝着白素給我的熱咖啡。白素在我的身邊坐了下來。

我轉着手中的杯子：「當我在看那一小角《天書》的內容之際，你一直和那人在交談，你們在談些什麼？」

白素道：「我開始時，問他何以姬娜的行動，會如此古怪。」

我揚了揚眉，道：「也沒有什麼古怪，姬娜早已知道自己要死，她一定是想將紅寶石戒指出售所得的錢，好好享受一下。」

白素道：「我也這樣想，可是令我不明白的是，姬娜明知道她將飛車折回來看你，然後就會飛車失事而死亡，她為什麼一定要這樣做呢？她不可以直接飛回去，根本不來理你麼？」

我忙道：「是啊，她可以不理會我的！」

白素道：「那人的回答說，姬娜知道她自己會因飛車失事而死，這一點，她早已知道了，為了這一點預知，她一直生活在極度的恐懼、痛苦之中，那種恐懼的心理所形成的痛苦，決不是普通人所能承受的，長年累月忍受這種痛苦的結果演變為她非但不想逃避，而且反倒盼望這一刻愈早到來愈好！」

我「啊」地一聲，心中感到極度的震驚，半晌說不出話來。過了好一會，我才道：「不錯，預知將來，真是十分痛苦的事情！」

白素又道：「她由於恐懼，無法一個人獨處，那人發出的訊號一直在影響她，已經可以不通過儀器，她在酒店，也可以寫《天書》，就是這個道理，她忽然離開荷蘭，只怕也是那人召她回去的！」我嘆了一聲，同意白素的看法。

白素又道：「幸而賓魯達留下來的資料，早已失散了一大半！」

我怔了一怔：「賓魯達？」

白素道：「你怎麼忘了？賓魯達，就是那六批人中的一個，他留下根據一個人的出生時間，推算這個人的一生方法。」

我茫然應：「是啊，這種推算法，在中國極其普遍。」

白素道：「雖然普遍，但是由於資料殘缺不全，所以推算並不是十分準確，只有掌握到一些較齊全資料的人，才能夠推算出一個朦朧的將來。」

我「嗯」地一聲：「是的，可是奇怪的是，幾乎所有人，都極其熱切地想知道自己的將來，用盡方法去推算。卻沒有人想得到，一個人對於他的將來，如果了然於胸，會是一種極大的痛苦！」

白素十分同意我的話：「人類並不知道，所謂將來，事實上是另一個地方的過去，一切早已發生過，根本不能改變。人希望知道將來，無非是想依照自己的意願去改變它。如果知道將來是根本不能改變的時候，一定不會再去追求預知將來。」

我喝完了咖啡，嘆了一聲：「你可曾問那人，這種推算方法……」

白素道：「這其實是一種還原法。他們那裏的人，是在這個時候出生的。有這樣的命運，拿到我們地球上的人身上，也就一樣。」

我想起了我自己在研究這一方面的時候所遭遇到的困難，就道：「那樣說來，凡是在分類中，屬於同一類的人，也就是說，出生的時辰完全相同的，他們一生的命運，完全一樣？」

白素吸了一口氣：「是，如果有同一時間出生的人，命運應該完全相同。」

我一怔：「你說『如果有同一時間出生的人』，是什麼意思？事實上，同一時間出生的人，世界上不知道有多少！」

白素笑了起來：「你別急，聽我解釋！」

我作了一個請她快點解釋的手勢，因為這正是我多年之前放棄研究的原因，我亟想知道答案。

白素道：「首先，在他們那邊，由於資料的儲存系統已經有了驚人的發展，幾乎任何資料都可以無窮無盡地儲存起來，所以他們才有能力去發展這種推算法。幾次，他們發現，人的性格，一定受億萬星體運行的影響。星體的運行有一定的規律，人的命運，也就有一定的規律！」

我道：「是啊，我並不否定這一點，可是同一時間出生的人，這一點怎麼解釋？」

白素道：「事實上，沒有同一時間出生的人！」

我本來已經躺了下來，一聽得白素那樣講，不禁直跳了起來：「怎麼沒有！天下同八字的人，不知道有多少！」

白素笑道：「同八字，就是出生的年、月、日、時相同，是不是？」

我大力點頭。

白素道：「這就是了，賓魯達傳下這個推算法之際，地球人的知識還十分低，無法作精密的推算，所以他只傳下了八字。事實上，他們的資料儲存系統之中，有十六個字的。」

我瞪着眼，一時之間，不知道白素這樣講是什麼意思。白素道：「西洋人將人的出生時間，分為十二星座，當然是十分粗糙，而中國人將人分為『八字』，一共有五萬一千多種分類，自以為夠精細了？其實，一樣粗糙不堪。賓魯達原來的分類法，在時這一方面，已是分為二十四小時，而不是十二時辰，時之下，再分成六十分，又再分成六十秒，再將每一秒，分成一百份，總分類數目，是三百二十多億。在這樣精細的分類之下，沒有同時間出世的人，所以，也沒有相同命運的人！」

我呆了半晌，吁了一口氣，多年來存在我心目中的疑問，總算解開了。

別說賓魯達沒有傳下這個方法來，就算傳下來了，地球人也無法照他的方法來推算。誰會將出生的時間，計算到百分之一秒？

而且，就算知道了，也無法計算，因為人類沒有這樣龐大精密的資料儲存系統！看來，人只好利用粗糙的方法，約略知道一下將來的命運。這，或許是目前地球人的幸運，不必為了不能改變的將來而苦惱！

當晚，我們在山坳中過了一夜。第二天一早，就駕駛直升機，回到了帕修斯。

在帕修斯，我們和神父見了面，我們並沒有對神父說出一切經過，只是說我們的搜索，一點也沒有發現。神父並沒有失望，因為他已經在他的信仰之中，得到了最大程度的滿足。

在離開了帕修斯之後，我和白素循着來時的道路回去，一直到荷蘭。在荷蘭，又見到了祖斯基，祖斯基十分關心姬娜的下落。我也沒有告訴他姬娜已經死了，只是勸他別再將姬娜放在心上。祖斯基的神情十分沮喪，他又問道：「那枚紅寶石戒指，為什麼忽然會變了？姬娜是不是騙子？」

我笑了起來：「你何必追問那麼多？世界上有很多事，根本是不知道比知道好得多！」

祖斯基有點茫然地望着我，他自然不能明白我對他的告誡的真實意義，而我，也無法向他們作進一步的解釋。離開了荷蘭，我們啟程回家。在航機上，我忽然想起了一個問題，立時對白素道：「有一件事，忘了問那人，真是可惜。」

白素道：「什麼事？」

我道：「我們知道，一共有六批人，到過地球。最早到的是楊安，後來是賓魯達，還有米倫、雅倫和那個人……」

白素道：「你是可惜我們沒有問那人的名字？」

我道：「那人叫什麼名字，根本無關緊要。而是算起來，連那人在內，一共只有五批，還有一個人，是什麼時候到地球的，在地球上做了一些什麼？」

白素笑而不答，我望着她，陡地道：「你已經問過了，是不是？」

白素點了點頭，我忙湊過去：「這個人是什麼時候到的？」

白素道：「這是那人告訴我的最後幾句話。他告訴我，另一個人，是在九十七年之前，到達地球的。這個人，做了一件極偉大的事。」

我側着頭，九十七年之前？九十七年之前，地球上有什麼特別的事，我實在想不起來。

白素道：「這個人降落之後，接觸到的一個地球人，是一個三歲的孩子，這個孩子是一個智力低的笨孩子，三歲了，甚至還不會開口講話。這個人用他自己的思想去影響這個笨孩子，結果使得這個三歲還不會講話的笨孩子的智力，超越了地球上的所有人，這個笨孩子所知的知識，到現在為止，地球上的頂尖科學家，還在摸索之中。」

白素講到這裏，我已經忍不住大聲叫了起來，我的聲音，令得航機中的搭客，一起向我望來。

我不顧旁人詫異的眼光，仍然大聲道：「那三歲還不會說話的笨孩子是……」

白素向我作了一個手勢，阻止我說下去。而我也沒有說出來的意思，這個「笨孩子」，如果還活着，今年一百歲，九十七加三是一百，很容易計算，而這個「笨孩子」是誰，不用我說，也很容易知道，是不是？

（一九八六年按：這個「笨孩子」是誰？寫《天書》的那一年，恰好是他的一百歲冥誕，他是愛因斯坦！）

（全文完）

後記

《天書》這個題材，由温乃堅先生提供。温乃堅先生原來的設想相當奇妙，設想一本有着十的一〇六次方字數的《天書》。在這部《天書》之中。有着地球上以前、現在、將來的人所做、所講的一切，也有着宇宙萬物的一切。這本來是一個十分玄妙的題材，在構思過程中，曾經想到過一個問題：這些資料是哪裏來的呢？這部《天書》的內容，是由誰提供的呢？想來想去，想起了在《奇門》中不知自己從何而來的米倫太太，於是就成了如今這篇《天書》，距離温先生原來的設想相當遠。

在《天書》中，特別強調一點，預知將來，不論是小至個人命運，或是大至世界前途，都沒有什麼好處。寫完之後，核對舊稿，才發現自己這個觀點，早在以前所寫的《叢林之神》一篇中徹底表現過。在《叢林之神》中，曾寫了一個對一切事物有預知能力的人，他的生活，枯燥得就像是一份看過了千百遍的舊報紙一樣，沒有任何新鮮事物出現，自然，也了無人生樂趣。

人生最大的樂趣之一是有着不可測的將來，每一天，展示在人生前面，全不可測，如果全知道了，只怕沒有什麼人可以活得下去，尤其是知道，而又無法改變，那更是乏味。

《天書》中也曾提及推算命運的方法之一種：「八字」。事實上，根據「八字」，來推算一個人的命運，有其一定的準確性。很多人都知道，有一種根據「八字」，通過一種複雜的推算法來預算命運的方法，叫作「鐵板神數」，這種方法推算一個人的過去經歷，百分之百準確，甚至可以肯定地指出一個人一生之中，對之影響最大的許多人的姓氏，而這個姓氏，有時極其冷僻。「鐵板神數」所依據的，是一部宋朝邵康節先生留下來的著作，幾乎所有人的一生命運遭遇，全在這部書中。在《天書》中，已有強烈暗示，這部書，自然也是從「那個地球」來的一個人留下來的，一切事，全在那個地球上發生過，自然也會在我們這裏發生。

這算是什麼？提倡「宿命」？不論任何人如何想。命運實在太奇妙，奇妙到了有時叫人無法不相信早有定數，無法改變。

（一九八六年按：作者被「鐵板神數」批算的經過和「命書」，刊載在題為《靈界》一書中，有興趣，不妨參考一下。）

衛斯理小說典藏版　59

天書

作　　者：　衛斯理（倪匡）
責任編輯：　黎倩雲　　楊紫翠
封面設計：　李錦興
出　　版：　明窗出版社
發　　行：　明報出版社有限公司
　　　　　　香港柴灣嘉業街18號
　　　　　　明報工業中心A座15樓
電　　話：　2595 3215
傳　　眞：　2898 2646
網　　址：　https://books.mingpao.com/
電子郵箱：　mpp@mingpao.com
版　　次：　二〇二二年七月初版
I S B N：　978-988-8526-29-1
承　　印：　美雅印刷製本有限公司